AF382792

Mannaz

©2021. EDICO
Édition : JDH Éditions
77600 Bussy-Saint-Georges. France
Imprimé par BoD – Books on Demand, Norderstedt, Allemagne

Réalisation graphique couverture : Cynthia Skorupa

ISBN : 978-2-38127-186-6
Dépôt légal : août 2021

Christophe Fourrier

Mannaz

JDH Éditions
F-Files

Pour Virginie...

1

Vers l'an 800…

La Mer.

Toujours elle se fait entendre. Les vagues rythment l'existence, rassurantes et présentes. La mer berce les enfants depuis leur naissance. Du plus loin qu'ils se soient éloignés du village, toujours ils l'entendaient, toujours ils sentaient ses effluves marins, ses parfums.

Le vent lui-même ne saurait masquer sa chanson. La mer est toujours là, diffusant sa douce musique à qui sait l'écouter.

Les deux garçons marchent sur la grève, sautant de rocher en rocher pour éviter de mettre leurs pieds dans l'eau. Ils portent des fourrures sur leurs sandales, lacées par des bandes de cuir. Sur leur chasuble, ils ont la même veste de peau retournée. L'un des garçons, le plus grand, tient une hache dans sa main droite. C'est un outil avec le tranchant légèrement désaxé par rapport au manche, une arme autant qu'un outil.

Le plus petit des enfants porte, lui, un arc en travers de la poitrine, avec un carquois garni de plusieurs flèches. Ils sont âgés de bientôt douze printemps, mais le plus grand pourrait déjà passer pour un homme, si ce n'était l'aspect poupin de son visage.

C'est lui qui s'adresse à son ami en regardant l'horizon depuis le plus haut promontoire rocheux.

— Aucune voile sur la mer, Mannaz ! Ils ne rentreront pas aujourd'hui, je pense.

— Alors, allons dans la forêt pour nous exercer, je veux montrer à Père mes progrès à son retour.

— Tu devrais t'essayer à la hache, propose Thorn.

— L'arc est plus efficace, de très loin, répond Mannaz en riant.

C'est sans doute une discussion récurrente entre les deux amis, comme une sorte de rituel.

L'hiver tire à sa fin, mais il subsiste des plaques de neige sous le couvert des sapins.

Les deux garçons sont unis comme deux frères, tous les deux fils d'un village sur les rives de l'actuel Danemark. Leurs familles vivent côte à côte dans les petites huttes abritées des vents, dans une crique au nord.

Les femmes s'entraident tandis que les hommes pêchent ou naviguent plus loin pour des expéditions plus lucratives, mais plus dangereuses. La vie est rude sur ces rivages.

L'hiver précédent avait emporté la petite sœur de Mannaz. Thorn a lui aussi perdu un frère aîné, tué par la mauvaise toux.

C'est naturellement que les enfants se sont rapprochés comme deux frères, suivant ainsi les pas de leurs pères.

Parvenus à l'orée du bois, abrité du vent dans une petite vallée, Mannaz marche prudemment, une flèche empennée sur son arc.

Les peaux étouffent le bruit de ses pas sur les aiguilles sèches. Adossé le long d'un tronc, il vise et lâche son trait en direction d'un gros lapin. L'animal est tué sur le coup. Thorn court pour le ramasser et le mettre dans une besace de cuir.

— Encore un ! Nos mères vont être satisfaites, dit le garçon en soupesant le sac.

— Combien en as-tu attrapé avec ta hache ? demande malicieusement Mannaz.

— Elle est réservée au gros gibier, dit Thorn en jetant son arme en direction d'un immense tronc à terre.

La hache s'est plantée profondément dans le bois mort après un vol tout en ondulations, en raison de son asymétrie. Thorn la retire d'un ample mouvement de levier.

Il s'assoit sur le tronc et interroge son ami, soudain plus sérieux :

— Voudras-tu prendre part aux raids ?

— Père dit qu'il n'aime pas massacrer des innocents.

— Les moutons sont innocents aussi, pourtant, nous les tuons, comme ces deux lapins, remarque Thorn.

— Le Scalde a dit que nous pouvons renoncer, qu'il faut bien des hommes au village avec les femmes et les enfants, pendant que les autres prennent la mer, dit Mannaz.

— Oui, les vieux, reconnaît Thorn.

— Pas que les vieux, il faut des guerriers ici aussi. Je ferai comme le dira Père, dit Mannaz en relevant la tête.

— Alors, tu te prépares à l'arc… commence Thorn.

— Et à la pêche, la chasse, le bois, chauffer le goudron, la poix, il faut être prêt à tout ! rit Mannaz en se mettant à courir.

— Et la hache ?! demande Thorn en criant à sa suite.

Les deux enfants courent sur le sable de la plage en direction de l'entrée du village.

Le soir s'annonce, déjà la pénombre tombe.

La palissade court d'un bout à l'autre de la baie, protégeant le village des intrusions des terres. Les falaises abritent des maisons de pierres, adossées à des grottes naturelles. Il y a celle du chef du village, et celle du Scalde.

C'est lui qui tient le compte des récoltes, des troupeaux, lui qui soigne les âmes et les corps.

En passant le portail ouvert, Thorn et Mannaz le croisent, appuyé sur son bâton.

C'est un bâton épais avec des bagues d'argent ciselées de runes. Le vieil homme a une tendresse particulière pour ces deux jeunes qui reproduisent l'amitié fraternelle de leurs pères.

Thorn, toujours impressionné par le Scalde, reste silencieux. Mannaz, au contraire, ne manque jamais d'engager la conversation avec lui. Il regarde sa besace et d'emblée offre un lapin de leur chasse. Le Scalde le remercie, mais lui dit de le garder pour sa mère.

— Nous en avons attrapé deux, un seul sera bien suffisant pour nos mères et nous deux.

— Garde les deux, mon garçon et dis à ta mère que je viendrai dans ce cas dîner avec vous ce soir. Nous pourrons parler, ajoute-t-il d'un regard appuyé.

Puis il poursuit sa marche avec son bâton en direction de sa maison.

Thorn retrouve sa voix :

— Le Scalde vient chez toi ! dit-il avec des yeux ronds.

— Thorn ! Dis à ta mère de venir, et toi aussi, lance le Scalde en se retournant brusquement.

Thorn reste bouche bée, convaincu que le Scalde entend le moindre de ses murmures.

Mannaz rit du visage de son ami en regardant le vieil homme marcher de son pas si alerte.

Thorn répète sa phrase mot pour mot, et continue d'une voix mal assurée :

— Le Scalde fait grand honneur à nos familles. Il vient nous voir alors que les hommes sont en mer. Qu'est-ce que ça signifie ? demande-t-il à Mannaz.

— Viens ! Il faut annoncer la nouvelle et vider les lapins. Mère doit les cuire au plus vite, dit Mannaz pour toute réponse.

La nuit est tombée depuis longtemps et les portes du village sont fermées, les sentinelles postées dans les tours de bois. Le Scalde est passé les saluer comme chaque soir, il avance dans le village après s'être assis devant le feu des hommes de relève. Beaucoup sont vieux eux aussi, compagnons de sa jeunesse. Nombre des leurs sont déjà partis rejoindre Odin à sa table.

Le Scalde toque avec son bâton à la solide porte de la hutte de Mannaz. Sa mère ouvre et accueille avec déférence le vieil homme. Il lui prend le bras et lui demande de se comporter simplement avec lui. Il s'assoit sur la chaise que lui présente Mannaz, puis invite de la main les garçons à faire de même, ainsi que leurs mères. La mère de Mannaz est la dernière à s'asseoir autour de la table rectangulaire, en posant les lapins en broches, accompagnés des plus beaux légumes de leur jardin.

Le Scalde sort son couteau et coupe les civets, distribuant les morceaux à chacun.

Tous mangent en silence, le Scalde goûte la bière que brassent Thorn et sa mère.

Le repas touche à sa fin. Les garçons et leurs mères rient des histoires contées par le vieil homme. Un silence s'impose et le Scalde reprend la parole.

— Je parlerai à ton mari dès son retour, c'est Mannaz que j'ai choisi, dit le Scalde à la mère de Mannaz.

Puis il regarde le garçon droit dans les yeux, d'abord en silence, puis en l'interrogeant :

— Mannaz, si j'ai fait venir Thorn et sa mère ce soir, c'est parce que toi et lui êtes plus que des amis, des frères, comme vos pères. Je veux que tu saches que tu continueras à voir Thorn, mais qu'il y aura des moments où ton enseignement empêchera de vous retrouver. Es-tu prêt à cela ? Je dois pouvoir compter sur toi, mon garçon, c'est un engagement d'une vie, explique le vieil homme.

— Je serai toujours l'ami de Thorn, il le sait. Je suis prêt à suivre votre enseignement, Scalde, répond Mannaz en inclinant la tête.

— Alors, il en sera ainsi. Le chef approuve mon choix, je parlerai aux hommes dès leur retour. Mannaz, tu continueras à aider ta mère le matin, tu viendras me rejoindre après le repas, jusqu'à celui du soir.

— Apprendrai-je à tracer les runes ? demande le garçon.

— Oui, tu apprendras les runes, et beaucoup d'autres choses encore… termine le Scalde en se levant.

Les deux femmes et les garçons se lèvent également, remerciant le vieil homme de sa présence.

Celui-ci pose sa main sur l'épaule de chacun et sort de la petite hutte avec son bâton.

Une fois parti, la cacophonie règne dans l'habitation de bois. Tous félicitent Mannaz d'avoir été choisi pour suivre l'enseignement du Scalde, pour être un jour à son tour lui-même le Scalde du village.

Sa mère le serre fort dans ses bras. Thorn ne sait que dire et reste hilare à regarder son ami.

Voilà déjà plusieurs jours que Mannaz suit l'enseignement du Scalde. Il est fier de savoir déjà tracer les runes de *Mannaz*, son nom, et celles de *Tÿr*, le dieu de la guerre juste, de la justice et du ciel. Il aime cette rune, tracée comme une flèche vers le ciel.

Le Scalde utilise une branche de sureau pour dessiner les runes sacrées sur le sable de la grève. Quand il pleut, le garçon reste enfermé avec lui au coin du feu, à l'écouter parler des remèdes et les préparer. Il a accompagné également le vieil homme pour ramasser les plantes sur la lande et dans la forêt. Mannaz reconnaît déjà un certain nombre d'entre elles.

— Mère sait les « simples », dit-il à son Maître.

— Oui, mon garçon, je vois là son enseignement. Mais celle-là, la connais-tu ? demande le Scalde en écartant des hautes herbes pour révéler une petite fleur bleue.

— Elle sent si bon ! s'exclame Mannaz.

— C'est la fleur de Wunjo, elle apporte chance et plaisir à celui qui la respire, explique le vieil homme.

Il attrape la tige à sa base et cueille la petite fleur. Il la tend à Mannaz et l'encourage à la sentir.

Mannaz se penche et aspire de ses deux narines le parfum puissant de cette petite fleur qu'il n'avait jamais remarquée auparavant. La sensation du frais qu'apporte la brise de mer les soirs d'été envahit le jeune garçon. Puis vient l'image des clochettes, du bois coupé dans la pinède.

Irrésistiblement, ses paupières se ferment, comme sous l'effet d'un trop franc soleil.

Et pourtant, il voit, il voit !

Devant lui apparaît la seconde fille du chef du village, Ingrid, qui lui sourit.

Ingrid est la plus belle du village, pense Mannaz. Le garçon aime sa compagnie, les discussions qu'ils partagent près des bateaux. Enfants, ils jouaient souvent là sur le sable, à l'abri au creux du village.

Aujourd'hui, Ingrid accompagne les petits qui jouent à leur tour, tandis que les mères vaquent aux tâches domestiques. Mannaz vient souvent aider Ingrid et sa sœur à veiller sur les plus jeunes. Mannaz parle longuement avec la jeune fille alors que Thorn se tait avec sa sœur, aussi timide que lui.

Mais chacun s'y trouve bien.

Mannaz aime Ingrid en secret, mais il n'est que fils de pêcheur. Il n'osera jamais se déclarer.

Son secret n'en est pas vraiment un pour la seconde fille du chef, qui a compris que le jeune garçon est amoureux d'elle, mais en silence.

Le parfum de la Wunjo se dissipe doucement, laissant des effluves d'épices.

Mannaz rouvre ses yeux et montre un involontaire mouvement de recul en découvrant le visage du Scalde. Celui-ci se met à rire franchement et continue sa récolte des autres fleurs pour préparer son encre.

Il parle tout haut à Mannaz qui est resté bouche bée en promenant les pétales bleus sous son nez.

— Tu vois, mon garçon, la Wunjo fait apparaître ce qui est cher à notre cœur, parfois sans même que nous le sachions encore. Non, non, ne me dis rien, cela doit rester dans le secret de ton âme. Car tu peux être sûr que celle que tu as vue partage tes sentiments, poursuit le Scalde.

— Est-ce vrai, Scalde ? Elle ressent comme moi ? demande, incrédule, Mannaz.

— C'est une fleur très rare que la *Wunjo*, mon garçon. Elle ne se montre jamais par hasard, tu le découvriras au cours de ta vie, dit le Scalde.

Puis l'homme reprend sa marche sur la lande, s'appuyant sur son bâton. Mannaz le suit en portant la corbeille d'osier remplie d'un grand nombre de fleurs différentes. Mannaz essaie de se remémorer le nom de chacune, sans y parvenir. Devant lui, le Scalde se met à chanter d'une voix légère. C'est toujours la même chanson qu'il entonne quand il marche, une sorte de comptine avec un rythme qui rappelle le roulement des petits morceaux de bois que les enfants aiment à frapper sur le vieux bouleau abattu du village. C'est une vieille comptine d'enfance, mais dont le Scalde chante d'autres paroles, qui parlent des runes, des Dieux, de la mer. Mannaz écoute très attentivement et comprend que la chanson suit la mélodie des vagues. Voilà pourquoi le vieil homme fait des pauses parfois, il attend simplement la prochaine vague, si elle a du retard, pour poursuivre sa chanson.

Justement, le Scalde s'arrête, il se retourne et observe Mannaz, son sourire relevant les pans de sa barbe.

— Tu as compris, n'est-ce pas, mon garçon ? constate-t-il plus qu'il n'interroge.

Quand, au soir, le vieil homme et Mannaz regagnent le village, ils aperçoivent Thorn qui marche sur la lande avec la vache de sa mère.

Le Scalde attrape le panier d'osier de la main de Mannaz et lui fait signe de la tête de rejoindre son ami devant eux. Il ajoute :

— Va, mon garçon !

Mannaz se rue en direction de son ami, l'appelant de toutes ses forces. Thorn se retourne, tenant l'animal par la bride. Il agite la main vers Mannaz qui a tôt fait de le rattraper.

Mannaz redevient l'enfant qu'il était voici peu, riant simplement d'être avec son ami. Ils avancent côte à côte, parlant de leurs pères qui ne sont toujours pas rentrés de la mer.

Quand le Scalde a franchi l'entrée du village, les gardes ferment les lourdes portes derrière lui. Ils mettent en place un long tronc pour en barrer l'accès. Du haut des tours de bois, les archers s'enveloppent dans d'épaisses peaux de mouton qui sentent le suif.

Sur la large place, près du bouleau coupé, un grand feu est allumé dans un âtre, délimité par d'imposantes pierres ramassées sur la grève.

Noircies par les multiples feux successifs de chaque nuit, elles constituent le point de ralliement des sentinelles entre deux tours de veille. Un abri avec lui aussi son foyer accueille les gardes les nuits d'hiver ou de mauvais temps.

Le feu éclaire le centre du village, il éloigne les animaux sauvages qui pourraient chercher à rôder autour des poulaillers, il guide les marins de retour au village. Il peut servir à allumer les torches, les flèches des archers, et aussi à éloigner les esprits.

Comme à son habitude, le Scalde vient s'asseoir après son dîner, avec les gardes. Le chef du village est là lui aussi chaque jour, distribuant les mêmes consignes de vigilance. Sans une partie de ses hommes, le village est plus vulnérable, bien que toutes les femmes sachent manier l'épée, l'arc ou même la hache pour certaines. La vie est rude sur ces terres.

Mannaz est allongé sur sa couche devant le feu, dans une alcôve. Les maisons de bois sont toutes bâties sur un muret de pierre qui leur sert d'assise.

Sa mère dort sur la grande couche, de l'autre côté de la seconde pièce de la petite maison.

La nuit noire est tombée sur la petite baie, seul le grand feu dispense quelques lueurs visibles de loin. Les tours de guet apparaissent en ombres découpées pour qui observe le village de la forêt.

— Est-ce le village dont tu as parlé, *traître* ? demande un guerrier imposant à un homme maintenu entre deux soldats.

— Oui, c'est celui-là. La plupart des hommes sont encore en mer… commence le prisonnier.

— … À ravager nos terres ! le coupe le chef guerrier.

— Tu sais, maintenant, libère-moi avec ma récompense, Seigneur ! implore le prisonnier.

Le chef de guerre lève une main promptement, intimant le silence à l'homme qui baisse la tête, son visage marqué de coups déjà anciens.

Le chef regarde ses hommes et dit en souriant :

— Oui, tu vas recevoir le prix de ta traîtrise, sois-en assuré, dit-il en faisant un signe de connivence aux soldats.

Un soldat décroche une bourse de cuir de son ceinturon, attirant le regard du prisonnier, qui se détend de soulagement. Le second soldat en profite pour plonger une dague dans son cœur, faisant s'écrouler le corps sans vie.

Le chef regarde le cadavre, plein de mépris.

— Une mort rapide, voilà ton prix, traître. Nous attaquerons peu avant l'aube, retournons au camp. Murray, laissez un détachement en observation, au cas où ces chiens aborderaient de nuit.

Excepté quelques hommes, le reste d'une petite troupe marche sur un sentier de la forêt, simplement guidé par la lune. Les hommes progressent en silence, habitués à évoluer en armes dans la pénombre.

Au loin, le village semble endormi dans la lumière de son feu, deviné derrière les remparts de bois. C'est ce feu qui empêche les sentinelles de discerner les ombres qui se glissent dans le bois, à portée de flèche.

Avant les premières lueurs de l'aube, c'est l'heure où le froid devient le plus intense. Les sentinelles dodelinent de la tête, la chaleur du feu manque aux hommes qui ont pris ce dernier quart de veille. Les autres boivent en silence en regardant les flammes, certains dorment sous le petit abri.

Les deux gardes des tours de bois sont frappés simultanément par trois flèches chacun, tirées depuis l'orée du bois. Le plus éloigné du feu de camp s'écroule sur le bord de la palissade, alors que l'autre est littéralement cloué contre le chambranle du toit de chaume.

Déjà, les premiers assaillants se précipitent contre la clôture de rondins, jetant des grappins par-dessus. Les archers ennemis tirent une volée de flèches enflammées vers les huttes du village. Les incendies se déclarent, les gardes assis autour du feu crient l'alarme alors que les assaillants ouvrent grandes les portes du village, profitant de la confusion.

Menés par le chef guerrier, ce sont plusieurs dizaines de soldats ennemis qui pénètrent dans la place fortifiée. Les assaillants des palissades ont déjà mis à mort les gardes à moitié endormis dans l'abri près du feu.

Mannaz est réveillé par sa mère qui tient une épée à la main. Elle l'aide à s'habiller à la hâte et lui donne une dague, son arc et ses flèches.

La fumée commence à envahir leur maisonnette quand ils sortent par l'étable communicante. La mère de Mannaz libère leur vache qui s'échappe, galopant dans le village.

Ce ne sont que flammes, bruits de lutte, cris.

Mannaz est rejoint par Thorn et sa mère, les deux femmes entraînent les enfants en direction de la plage.

— Aux bateaux ! Vite, courez ! Hâtez-vous, les garçons ! ordonne la mère de Thorn.

— Mais le Scalde ?! demande Mannaz.

— Le chef saura le protéger. Il est de l'autre côté du village, il faut prendre la mer, répond la femme.

Les soldats ennemis pillent et incendient chaque maison. Les hommes sont systématiquement tués, les enfants exécutés, les femmes ligotées.

Les villageois, malgré leur nombre inférieur, s'organisent et résistent âprement. Ils connaissent les lieux par cœur, utilisent chaque recoin pour tirer des flèches à couvert des habitations. La première stupeur passée, les envahisseurs progressent moins rapidement. Chaque homme, chaque femme, tous sont déterminés à défendre chèrement leur existence, car tous ont compris qu'il n'y aura que des prisonnières et que leur sort ne saura être enviable. Acculées, deux femmes tuent leurs enfants de leurs propres mains et s'embrochent l'une contre l'autre sur leurs épées, les yeux en larmes, un rictus cruel envers leurs attaquants frustrés.

Mannaz tire deux de ses flèches et court à la suite de sa mère et celle de Thorn. Parvenu sur le chemin de la plage, le petit groupe s'arrête à la suite d'autres familles. Là, dans le petit jour qui se lève, deux barques chargées d'ennemis apparaissent, ramant vers le rivage.

Elles bloquent toute échappatoire. Certains villageois se précipitent quand même vers leurs embarcations, espérant réussir à fuir sur les eaux, malgré les bateaux remplis d'hommes en armes. Mais ils sont à peine parvenus à tirer les petites barques de pêche vers le rivage que les premiers soldats les attaquent, massacrant les enfants en premier.

La mère de Mannaz se retourne et constate que des guerriers sont sur leurs traces, sur le faîte de la petite dune qui sépare la grève des habitations. Elle entraîne son amie et les garçons vers une barque retournée et les poteaux servant à étendre les filets pour les repriser.

Elle serre Mannaz dans ses bras et le regarde, lui parlant fermement.

— Mannaz, n'hésite pas, n'hésite surtout pas, ne retiens pas ta main ! Frappe fort ! Que Tÿr soit avec toi !

Dans le haut du village, le chef est attaqué par plusieurs guerriers. Trois hommes de sa garde sont encore en vie et défendent farouchement l'entrée de sa maison, tuant chaque adversaire qui s'essaie à y pénétrer. Au fond de l'habitation, contre la pierre de la falaise qui ferme la salle où elles se sont réfugiées, Ingrid et ses sœurs entourent leur mère. Les flammes ont déjà atteint la toiture de chaume, et les fumées vont contraindre les occupants à sortir.

Le chef fait un signe de tête résigné à son garde le plus proche.

Tous deux entrent dans la pièce, l'épée à la main. La mère hurle, suppliant son mari.

Le chef secoue la tête et tue rapidement son épouse et sa plus jeune fille. Il n'a jamais eu de fils, et ce qui attend les femmes capturées rend la mort préférable. Ingrid se redresse et tend sa poitrine vers l'arme de son père. Elle trouve la force de sourire, les larmes coulant de ses yeux.

Quand les hommes sortent de la maison en flammes, ils massacrent nombre de leurs ennemis avant de succomber, assurés que leurs familles ne connaîtront pas la terrible souffrance des prisonnières.

Mannaz empenne une flèche et la tire vers le soldat le plus proche. Thorn tient sa hache, il reçoit une flèche dans la cuisse. Un assaillant en profite pour courir vers lui, ce qu'il paye de sa vie, la hache de Thorn lui fracasse le visage, arrêtant sa course à une dizaine de mètres du petit groupe. Plusieurs combats ont lieu sur la plage, c'est la dernière mêlée, tout le reste du village brûle.

La mère de Thorn est la première à tomber, submergée par trois adversaires.

Son garçon court malgré la blessure de sa jambe. Il arrache la flèche qui le gêne, le sang coule à flots. Il se jette sur un adversaire qui vient de plonger son épée dans la poitrine de la femme. Thorn lui frappe la tête contre un rocher, le crâne s'écrasant comme un fruit trop mûr. Thorn hurle son malheur de voir sa mère morte alors que les deux autres assaillants le transpercent à son tour.

Les deux soldats se dirigent vers Mannaz et sa mère. Le garçon tire sa dernière flèche, qui se fige dans le bouclier de bois du soldat le plus avancé.

Celui-ci frappe d'estoc la femme, qui pare avec l'épée qu'elle tient à deux mains. Le second attaquant l'engage également alors que Mannaz lui saute sur le dos, le frappant de sa dague. La cotte de mailles freine la lame qui ne pénètre pas profondément dans le flanc du soldat.

Il se retourne en rejetant Mannaz d'un coup d'épaule. Le jeune garçon est à terre, reculant sur les fesses devant l'homme qui lui fait face. C'est un terrible guerrier, très grand, protégé par des plaques de métal et des éléments de cuir épais. Il regarde Mannaz sans aucune pitié et soulève son épée pour l'en frapper.

Instinctivement, l'enfant lève son bras dans un mouvement de protection ; la lame lui tranche le bras et vient ensuite terminer sa course contre son visage, occasionnant une large blessure sur le cuir chevelu et la joue.

Mannaz hurle de douleur, sa mère l'entend, elle tue son assaillant d'un revers au cou et se porte contre le guerrier géant. Il contre son attaque et rétorque d'un ample mouvement circulaire en direction de la tête de la femme.

La violence du coup tranche la tête de la villageoise. Le guerrier se baisse et ramasse la dague de Mannaz tombée au sol.

Puis il s'approche du garçon blessé, qui serre son avant-bras contre sa poitrine. Sans ménagement, il l'attrape par la tunique et le traîne jusqu'à la dépouille de sa mère.

Mannaz est au sol, sur le côté, son visage proche de la tête sans vie de sa mère.

Le soldat prend la dague dans sa main droite, la serrant fermement. Il s'accroupit et dit au garçon :

— Regarde-la et retrouve cette chienne aux enfers !

Puis il plonge la dague du garçon et lui déchire le ventre. Il jette la lame au sol, la plantant entre les visages de l'enfant et sa mère, et s'éloigne en riant.

Mannaz ne crie plus. Il n'en a plus la force. Son sang se répand de ses multiples blessures.

Il ne peut détacher son regard des yeux morts de sa mère.

Les bruits de la bataille s'estompent, les blessés sont achevés. Mannaz l'entend à nouveau, comme un murmure d'abord, puis de plus en plus fort, comme une plainte et une colère qui s'exprimeraient. La mer fait entendre sa voix au garçon, comme une comptine rassurante.

Le regard du garçon se pose sur le sable mouillé entre lui et sa mère. Il remarque qu'il est lisse comme après la marée. Cet endroit n'a pas été souillé par l'ennemi, se dit le garçon.

Le sable porte le parfum de la mer et du sel.

Dans un ultime effort, le blessé à mort bouge sa main valide et trace du doigt une petite flèche sur le sable, la rune de *Tÿr*, le « Dieu de la Guerre Juste ».

La mer dit toujours la chanson du Scalde, sans s'arrêter, assourdissante.

Mannaz voudrait chanter, mais le souffle lui fait défaut. Il ne peut que répéter le même mot, trois fois : *Tÿr*.

Puis il ferme les yeux, sa main saisissant une mèche de cheveux de sa mère. La fleur de Wunjo emplit ses sens de ses notes fraîches et boisées, puissantes.

***

Deux jours plus tard, un drakkar apparaît dans le brouillard, à l'entrée de la petite baie. La mer est noire sous le ciel voilé, le vent est tombé.

Seules les rames qui nagent avec frénésie trahissent la vie dans ce paysage où règne la mort. Des maisons fument encore, les pierres sont noircies sous l'amoncellement des poutres calcinées. Des chiens errent et aboient sur les marins qui débarquent épées à la main.

Très vite, les hommes comprennent qu'il n'y a plus de combat à mener dans leur village.

Chacun court vers ce qui était sa demeure, découvrant les corps des siens, du bétail, lui aussi abattu. Ces hommes aguerris hurlent, appellent dans le brouillard, en vain, aucune voix ne leur répond.

Le père de Mannaz trouve son épouse et son enfant, les corps déjà gonflés par leur séjour à l'air libre. Sur le sol entre eux se tient le signe de *Tÿr*, étonnamment bien tracé et préservé de la pluie.

Les marins sont repartis le lendemain, abandonnant leur ancien village. Ils ont regroupé les corps des leurs et les ont enterrés sous un tumulus de sable et de pierre sur la grève. Tous les habitants ont été placés ensemble, du chef au villageois le plus pauvre, avec le Scalde également.

Les pères ont déposé les corps de leurs fils avec ceux de leurs mères.

Le nouveau chef, celui du drakkar, entraîne ses hommes sur les mers, pour répandre leur fureur à travers le monde. Ils ne reviendront plus vers leur village, ils n'ont plus de famille qui les espère chaque jour. Ils n'ont plus aucune attache.

Ils ne vivront désormais que pour semer la vengeance, la mort et le sang.

***

Le troisième jour après l'attaque, la voile du drakkar est déjà loin quand une partie du tumulus s'affaisse, une pierre roulant au sol.

Un couple de corbeaux s'envole, effrayé par ce mouvement inexpliqué.

2

Paris, août 2018

La chaleur est étouffante en ce jour d'été dans la banlieue parisienne. C'est un lundi, mais Sabine n'a pas encore repris le travail, elle est professeure d'histoire dans un lycée privé. Ce matin, elle s'affaire à faire tourner des machines de linge et à l'étendre sur sa petite terrasse. Elle habite dans le sud de Paris.

Elle est rentrée la veille de deux semaines de congés en Normandie, deux semaines seule cette année, enfin seule ! pense-t-elle. À 36 ans, Sabine est célibataire à nouveau, depuis bientôt trois ans.

Elle a mené des études assez longues, choisissant l'enseignement en lycée malgré une thèse universitaire. Elle a rencontré plutôt tardivement un compagnon, une belle histoire, reconnaît-elle dans ses moments de lucidité.

Ils avaient construit une vie commune basée sur la culture, les voyages ; l'entente semblait parfaite. Sabine avait appris à être féminine, à accepter d'être elle-même, de s'offrir telle qu'elle est. Les projets de vie ont succédé aux projets de voyages, de visites culturelles.

Le couple parlait bébé, arrêt des contraceptifs, choix des papiers peints de chambre d'enfant, achat d'une maison avec jardin, après la vente de l'appartement de Sabine. Les mois passaient, Sabine ne tombait pas enceinte. Il a fallu se résoudre à consulter, passer des examens de routine, pour se rassurer, disait le médecin, sans pression.

Au contraire, la pression montait de plus en plus, la trentaine avançait, la belle-famille questionnait, souvent sans tact.

Son compagnon perdait toute sa véhémence à la soutenir devant eux.

Et puis, un jour, le premier couperet tomba : Sabine était stérile, définitivement stérile, incapable de pouvoir porter un enfant.

Le mot « incapable » résonna dans son esprit une semaine durant, sans que son compagnon n'intervienne pour faire cesser ce terrible écho.

Alors, le second couperet tomba, bien vite.

Son compagnon la quitta, disparaissant de sa vie en un après-midi. Il était là le matin à son départ en cours, lui et ses affaires avaient disparu à son retour à la fin de sa journée de lycée.

Il ne restait qu'une lettre, minable somme toute, en évidence sur la table, pour oser expliquer cette incompréhensible et lâche fuite.

Sabine se retrouva à 19 heures devant des placards vides, des tiroirs de commode pas même refermés après avoir été vidés.

Incapable.

Incapable de porter un enfant.

Sabine supporta tout, accepta tout : clore le compte joint, rendre la bague de fiançailles de famille, traiter avec l'ex-future belle-maman, la greluche, comme la qualifie son amie Nadège, et ne jamais reparler à son compagnon.

C'était la fin de l'année scolaire, Sabine partit deux mois loin de chez elle, avec Nadège, puis ses parents adoptifs, enfin une collègue. Tous se relayaient pour l'entourer. Elle était vide, une coquille vide, une âme brûlée.

En septembre, elle reprit les cours, mettant un point d'honneur à ne pas flancher, se jetant à corps perdu dans son enseignement. Elle multipliait les projets, participait à tous les voyages pédagogiques, animait les soutiens scolaires bénévoles. Nadège et son compagnon du moment l'avaient aidée à rénover l'ensemble de son appartement, à changer ses meubles, travestir sa vie de couple d'avant en une vie de célibataire de maintenant.

Alors, depuis trois ans, Sabine vit dans son appartement transformé, la petite chambre pour le bébé réaménagée en bureau de travail.

C'est la première fois depuis cet abandon que Sabine a réussi à partir en vacances seule. Certes, sur deux mois de congés, elle a passé du temps avec ses parents, et bien sûr, Nadège ne l'a pas laissée tranquille comme elle le lui avait promis, sauf ces deux semaines dont elle avait besoin. Un besoin immense, un face-à-face avec soi, une ultime épreuve pour être sûre d'être enfin solide, après ce second abandon de sa vie. Pourtant, se dit-elle, elle aurait dû être habituée, elle, l'enfant adoptée, après avoir été déposée devant une école maternelle, comme ça, simplement, sans que personne ne revienne la chercher.

Et cet homme l'a abandonnée de la même manière, comme ça, simplement, comme si ce n'était pas grave, parce qu'elle est… *incapable*.

Sabine sort des réflexions où elle avait plongé, en se servant une tasse de café sur sa terrasse, à l'ombre après le déjeuner. Malgré la touffeur, Sabine ne peut s'empêcher de prendre un café. Elle en boit beaucoup, trop parfois, elle le sait, mais cela reste son plaisir, celui qui lui permet de se concentrer. La reprise des cours n'est pas pour tout de suite, mais Sabine aime à anticiper un peu. Et puis, ces deux semaines avec elle-même lui ont permis de renouer avec son envie de monter des projets. Certes, elle était volontaire depuis trois ans, de tous les combats, comme le disait l'ancienne proviseur. C'est vrai, mais c'étaient surtout les projets des autres auxquels Sabine participait. Elle encourageait, secondait, remotivait les plus fainéants, les professeurs qui ne tenaient pas leur promesse d'organiser une sortie pourtant évoquée devant les élèves ou leurs parents. Même les élèves savaient que Sabine était leur meilleur atout pour décider un collègue professeur hésitant.

Pour Sabine, il est temps désormais qu'elle avance ses propres idées, qu'elle mette en œuvre des concepts personnels, en lien avec sa passion pour sa matière.

Elle se prépare une seconde tasse de café avec sa machine à dosettes, « sa cafetière de célibataire », comme elle le dit en autodérision.

Puis elle ouvre le petit dossier qu'elle a déjà monté, en se remémorant la première fois que l'idée lui est venue.

Cela faisait vingt ans au moins qu'elle n'était pas revenue en Normandie, depuis son enfance avec ses parents adoptifs. Elle se souvient que déjà les plages du débarquement la fascinaient, c'était le début de sa passion pour l'Histoire, ou plutôt *les* histoires. Elle comprenait que chaque soldat venu gravir ces plages de sable apportait son histoire, sa vie, et que la somme de ces histoires individuelles constituait avec celles des Allemands, des civils français, l'Histoire, celle des livres. Elle avait toujours voulu partager l'émotion de ces endroits si chers pour elle avec son… celui dont elle aime à taire le nom.

Mais à chaque fois, une destination plus exotique, proposée par « l'autre », lui ravissait l'idée de retourner en Normandie.

Alors y séjourner seule prenait l'allure d'un pied de nez pour Sabine.

Elle s'est régalée de ces deux semaines de vacances, avec pour seul bémol que ses parents n'aient pu la rejoindre comme prévu en fin de séjour. Son père avait attrapé une mauvaise bronchite, et comme sa mère ne conduit pas, ils sont restés à Gien.

Sabine a passé les quinze jours à arpenter *Omaha, Utah, Sword Beach* et l'arrière-pays normand. Elle terminait toujours sa journée par un bain sur la grande plage de Saint-Aubin où elle logeait. Une glace le soir ou une bière selon son humeur, puis elle rentrait après le coucher du soleil lire au chaud dans son lit.

C'est en visitant le cimetière américain de Colleville qu'elle s'est décidée à solliciter Vera, une homologue new-yorkaise. Au printemps, Sabine avait accompagné une classe pour un séjour aux États-Unis et le contact avait vraiment été très bon avec une professeure d'histoire du lycée d'accueil. Elle avait évoqué l'idée de monter un projet entre leurs classes de lycée, un travail de mémoire entre les deux pays, par exemple. Sabine avait déjà participé à un projet similaire avec une classe de Bonn et son ancienne collègue d'allemand, l'année précédant son départ en retraite.

L'idée était simple : il s'agissait de faire travailler les élèves sur le cas d'un soldat, allemand en l'occurrence, âgé de 20 ans, proche du leur donc, et de réunir le maximum d'informations possibles sur lui. Les jeunes Allemands s'occupaient des renseignements trouvables dans leur pays, la vie civile du soldat, sa ville natale, par exemple. Sabine guidait ses élèves pour rechercher dans quelles conditions le soldat était décédé en France, durant quelle bataille.

Sabine a proposé par mail à Vera de faire le travail à partir d'une tombe d'un soldat américain du cimetière d'*Omaha Beach*, à Colleville-sur-Mer.

Sabine a choisi plusieurs noms et commencé par quelques recherches sur Internet, pour sélectionner un profil avec du « potentiel », comme elle le dit pour elle-même. Il faut en effet que les élèves puissent retrouver de la matière, des détails sur la vie et la mort du soldat sur le territoire de France. Photos, articles de presse, certificat de décès, compte-rendu d'opérations militaires, journal de marche des unités sont autant de documents que les jeunes Français pourront rassembler. Puis ils traduiront en cours d'anglais la synthèse de ce qu'ils auront trouvé pour l'envoyer aux étudiants américains.

Et de leur côté, ces derniers apporteront le fruit de leurs recherches dans le pays d'origine du soldat et présenteront un travail similaire.

En buvant son café, assise sur la terrasse, Sabine fait le point de la liste de quelques noms de GI's dont elle a retrouvé des éléments en France, susceptibles d'être intéressants.

Elle relit ses notes et se retrouve plongée rapidement dans ses souvenirs de cette journée d'août où elle a arpenté le cimetière américain.

Sabine avait d'abord souri en prenant conscience que ce petit bout de Normandie avait été concédé aux États-Unis. Me voici en Amérique, a-t-elle pensé simplement.

Puis, en découvrant un gazon vert, impeccablement entretenu, ce qui lui a sauté aux yeux, ce furent ces croix blanches alignées parfaitement, comme une troupe avant la revue.

Mais ce sont là des soldats couchés, en position horizontale et non verticale comme à l'apparat, se dit-elle aujourd'hui.

Sabine a passé l'après-midi complet dans ce cimetière avec vue sur la mer, une mer d'un bleu intense, rehaussé par la blancheur du sable en contrebas du mur d'enceinte.

Elle a marché au hasard d'abord, déchiffrant les noms, un grade parfois. Certaines croix ne portaient qu'une phrase en anglais, disant que l'identité du soldat n'était connue que de Dieu.

C'est à ce moment que l'idée de son travail de mémoire avec ses élèves lui est apparue comme indispensable. Pour pouvoir rendre hommage à ces morts inconnus, il fallait exhumer de l'oubli l'histoire d'un soldat en particulier et, à travers les découvertes que feraient les élèves, mettre en avant la terrible atrocité du conflit.

Sabine prend conscience que certains de ses élèves de terminale ne seront pas beaucoup plus jeunes que nombre de soldats qui reposent à Colleville-sur-Mer, certains seront même plus âgés.

De ce cimetière, beaucoup de soldats ont déjà vu leurs histoires mises en avant, dans des films ou des livres, des articles de presse.

Sabine les évoquera en cours, ce seront autant de supports aux élèves. Mais ce qu'elle cherche, ce sont des soldats anonymes encore, dont l'histoire n'est jamais sortie du cercle familial et amical.

Et sur les 9 386 tombes, Sabine ne doutait pas de pouvoir trouver quelques noms qui demanderaient un peu de travail aux élèves pour découvrir qui étaient ces jeunes hommes.

Les moteurs de recherche internet lui ont livré quelques pistes qui l'orientent vers le choix d'un soldat de 20 ans, John Woods.

Sabine a trouvé un site faisant état d'un récit de souvenirs de guerre d'un parachutiste américain. Ce vétéran rendait hommage dans les années 1960 à ce John Woods pour un acte de bravoure dans lequel il avait perdu la vie.

D'après le résumé, ses camarades ont célébré leur frère d'armes des années durant, chaque 7 juin, aux États-Unis, ou en France à certaines occasions, mais en dehors de toute cérémonie officielle.

Sabine ne parvient pas à trouver de photo du soldat en question, mais elle pense que Vera pourrait trouver le récit de guerre en bibliothèque à New York. En effet, le dénommé John Woods était originaire du Bronx, semble-t-il.

Sabine perçoit les senteurs d'herbe coupée, d'embruns, qui lui reviennent en souvenir de cet après-midi d'août.

Sabine cligne des yeux, regarde l'heure et rédige le courrier électronique pour Vera, lui faisant part de son choix de cinq noms, en lui précisant sa préférence pour John Woods. Elle lui recommande de bien s'assurer qu'il n'y ait pas d'homonymie possible, en contrôlant notamment l'initiale du second prénom.

Elle est interrompue par la sonnerie de son téléphone. Sabine répond à sa mère qui lui donne des nouvelles de son père adoptif, qui se remet doucement de son infection bronchique.

La conversation se poursuit, Sabine promet de venir les visiter la semaine prochaine à Gien, avant la rentrée scolaire.

— … Ton père sera remis, il n'y aura pas de risque qu'il te passe sa bronchite, poursuit la mère de Sabine.

— Mais, Maman, tu sais bien que je ne tombe jamais malade. Je pourrai quand même lui faire la bise ! plaisante Sabine.

Sa mère raccroche, satisfaite de voir sa fille pleine de vie. Elle ne peut s'empêcher de penser que c'était il y a trois ans seulement que sa fille avait été anéantie par ce monstre. Tous les ans à la même période, cette mère tremble a posteriori pour sa fille adoptive.

Sabine a bien compris de quoi il était question avec cet appel téléphonique, pas si anodin que ça. Elle ne peut s'empêcher de sourire tendrement à cette sollicitude de mère.

Pour la première fois, à l'évocation de la maternité, son sourire ne s'efface pas de son visage. Au contraire, il devient plus tendre. Sabine sait qu'elle ne portera jamais d'enfant, sa vie en serait-elle ratée pour autant ? Non, bien sûr, elle le ressent, et même, son cheminement intérieur lui fait croire qu'au fond d'elle-même, elle le savait depuis toujours. Oui, elle le savait. Elle a mis trois années à l'admettre, mais elle sait depuis toujours ne pouvoir enfanter. Même dans ses jeux de petite fille, elle ne se mettait jamais en scène comme une maman. Jeanne, sa poupée fétiche, était une sœur jumelle imaginaire, une autre elle-même, mais jamais son bébé. D'ailleurs, sa préférence allait aux poupées habillées en petites filles, avec de belles robes, jamais vers les poupons et les poussettes.

Un mail de réponse de Vera lui parvient. Sa collègue valide le choix de John Woods et lui promet des résultats pour bientôt. Elle a localisé le livre de souvenirs de son compagnon d'armes, elle le récupèrera dès le retour de l'ouvrage en bibliothèque.

Le livre contiendrait une photo du jeune homme.

Sabine rassemble les informations dont elle dispose de son côté :

« John Woods, inhumé à Omaha Beach, dans le cimetière provisoire dit de Saint-Laurent le 9 juin 1944. Tué le 7 juin au matin lors de l'assaut d'une garnison Waffen SS ; a sauvé son lieutenant et ses camarades en attirant le feu ennemi sur lui, selon un site internet faisant état du livre de souvenirs de son frère d'armes.

Woods était parachutiste de la 101e aéroportée, largué au-dessus de la Normandie dans la nuit du 5 au 6 juin 1944. Il aurait été âgé de 20 ans, mais les sources diffèrent, entre 19 et 21 ans. »

Sabine espère que Vera trouvera plus de renseignements, sur sa famille, par exemple. Le corps n'a pas été rapatrié aux États-Unis, comme la plupart des tués, l'armée s'occupant du retour des corps à la demande des familles, sans aucuns frais pour elles.

Les Woods ont choisi de laisser le corps de leur fils en Europe, constate Sabine.

Était-ce une requête du soldat lui-même ?

Sabine continue de fureter sur les sites internet, et c'est en lisant un article sur les plaques d'identité militaire, les célèbres « dog tags », qu'elle obtient une information de plus.

Elle revient sur ses notes concernant John Woods, notamment sur son matricule qu'elle a relevé : d'après la lettre code,

John Woods était engagé volontaire, donc «pas appelé sous les drapeaux». Il avait décidé de venir se battre en Europe pour sa patrie. Sabine souligne cette subtilité, ce sera important que les élèves le découvrent à leur tour. Si ce garçon n'avait que 19 ans, il faisait preuve d'une grande maturité et d'un engagement remarquable, se dit-elle.

Il est pratiquement 19 heures quand le PC de Sabine s'éteint, faute de batterie. La jeune femme regarde soudain l'heure et constate qu'elle a passé l'après-midi sur sa table de terrasse, à prendre des notes et lire toutes sortes d'ouvrages de référence et de blogs internet. Elle se dit qu'il est temps de sortir s'aérer pour profiter de la fraîcheur du soir.

Elle téléphone à son amie Nadège qu'elle connaît depuis le collège. Les deux amies sont d'un caractère opposé, mais leur entente n'a jamais subi d'accroc depuis la classe de quatrième.

Là où Sabine est réservée et réfléchie, Nadège est impulsive et tranchée. Pourtant, cette énergie a été salutaire à Sabine quand elle s'est retrouvée glacée voilà trois ans. Nadège l'a portée à bout de bras les premières semaines, mettant des mots, crus, sur les maux de son amie, *incapable* de parler alors.

Nadège avait exprimé la violence que Sabine subissait intérieurement et qu'elle ne parvenait pas même à formuler.

Sabine range soigneusement ses livres dans sa bibliothèque et le dossier Woods qu'elle pose sur sa table de travail dans le bureau.

C'est un immense bureau à cylindre, de type anglais, en bois clair. Elle met en charge son ordinateur et s'assure que tout est bien à sa place. Le dossier est parfaitement aligné sur le bord du sous-main de cuir intégré au plateau. Sabine secoue la tête de dénégation, mais elle ne peut s'empêcher d'être quasiment maniaque quand il s'agit de son espace de travail. Cela participe à sa concentration et son efficacité.

Son téléphone portable sonne l'arrivée d'un message. C'est Nadège qui accepte avec plaisir de la retrouver pour… papoter.

Attention ! se dit Sabine, il doit s'agir de mec, ou plutôt de mecs. Car en matière de relations amoureuses, là aussi, Nadège est l'opposée de son amie. Elle multiplie les relations, les coups d'un soir, comme elle l'exprime elle-même, « et aucune grossesse n'est prévue, loin de là ».

« Cette femme est incroyable », murmure Sabine en souriant. Elle part se préparer dans la salle de bains.

À New York, il est six heures de moins. Il pleut. Vera prend le métro pour les archives du comté.

3

Juin 1944, Normandie

L'officier vient juste de sortir du QG des troupes aéroportées des États-Unis, quelque part dans le sud de l'Angleterre. Il ne sait pas même où il se trouve exactement.

C'est un homme grand, les cheveux blonds très clairs. Préparé depuis des mois au débarquement, il s'était blessé en saut à l'entraînement et avait été écarté par le médecin-major de la suite des opérations.

Et puis le sort en a finalement décidé autrement.

Nous sommes le 5 juin 1944 au matin, et le débarquement a été repoussé de 24 heures pour cause de mauvais temps sur la Normandie. Le 4 au soir, les parachutistes ont vu leur largage annulé par le report de l'Opération *Neptune*. En descendant de l'avion, un sous-lieutenant de la 101ᵉ s'est brisé la cheville.

Le médecin a donc autorisé le lieutenant O'Neil à reprendre le service actif et le colonel lui a confié cette escouade qu'il ne connaît pas, au pied levé. Mais leur saut est prévu sur le secteur sur lequel il a travaillé des mois durant, il sait donc tout du scénario prévu.

Il aurait préféré rejoindre ses hommes, ceux avec lesquels il s'était entraîné, mais son ancien sergent a été promu, c'est donc sa section désormais.

O'Neil marche lentement pour rejoindre les quartiers de ces hommes qu'il ne connaît pas, un peu tendu à l'idée de les mener au combat dans les heures qui viennent.

« C'est pour cette nuit… », lui a confié le colonel à voix basse.

Sous le hangar, les soldats sont en train de contrôler les parachutes, une fois encore. D'autres remontent les armes nettoyées, garnissent des magasins de cartouches brillantes.

Leur sous-officier aperçoit dehors un lieutenant qui avance lentement en cherchant un numéro sur les portes.

— Ce doit être lui, je vais le chercher… dit le sergent.

Il sort et se présente à l'officier.

— Sergent Garrett, Monsieur, dit-il en le saluant réglementairement.

— Lieutenant O'Neil, repos, Sergent. Je suis votre nouvel officier.

— Nous vous attendions, mon Lieutenant. Alors, c'est pour ce soir ? demande-t-il.

— Il semblerait, Sergent. Je suis désolé pour votre lieutenant précédent, on m'en a dit le plus grand bien, de votre section également, précise O'Neil.

— Vous étiez de la troisième, c'est ça ? demande le sous-officier.

— Oui, donc nous sommes sur le même secteur de largage, objectif commun en jonction. Vous pouvez rassurer les hommes, je ne découvre pas l'opération. Ils doivent être un peu inquiets, j'imagine, de changer d'officier juste avant l'opération, reconnaît O'Neil.

— Ils sont confiants, mon Lieutenant, du moment que nous gardons Woods avec nous.

— Woods ? Qui est-ce ? interroge l'officier.

— Le soldat John Woods, il fait partie de la section. Les hommes lui vouent une confiance absolue, explique calmement le sergent.

— Vous n'avez pas peur qu'il sape votre autorité, Sergent Garrett ? s'inquiète O'Neil.

— Woods ? Non, c'est notre meilleur soldat, obéissant et discipliné, un exemple pour les autres, rétorque le sergent.

— Je ne comprends pas, alors, reconnaît l'officier.

— Ce gars-là, c'est un guerrier. Les hommes disent que c'est avec lui à leurs côtés qu'ils ont le plus de chances de s'en sortir. Ce petit gars, on n'a rien eu à lui apprendre à l'entraînement, au corps-à-corps, il est le plus fort.

— Il a déjà été entraîné ? demande O'Neil.

— Non, il a 20 ans à peine, c'est un engagé volontaire. Ça semble inné, il se bat comme personne, apprend très vite et est toujours froid et calme. Il inspire la confiance, jamais il n'a un mot plus haut que l'autre, jamais il ne fanfaronne, jamais il n'exprime sa peur. Mais il était toujours premier aux exercices, sans être arrogant. En plus, il aidait toujours les autres, en vrai camarade, raconte le sergent.

— Pourquoi est-il simple soldat avec toutes ces qualités ? Votre lieutenant ne l'a pas proposé ?

— Si, plusieurs fois même, mais à chaque fois, Woods a refusé de monter en grade, pas même caporal. Il se trouve trop jeune, dit-il, c'est comme si lui seul ne voyait pas que tous ces gars le suivraient pour sauter sur Berlin sans hésiter, dit Garrett.

— D'où vient-il ? s'enquiert O'Neil en avançant dans le hangar.

— New York, un orphelinat du Bronx.

L'officier et son sergent rassemblent les hommes et O'Neil se présente à eux. Il rassure par sa connaissance de l'opération et sa voix posée. À quelques heures du largage, les soldats sont satisfaits de l'arrivée de O'Neil, qui leur paraît compétent et surtout soucieux de leur vie.

O'Neil vient saluer chacun, observant avec une attention particulière le parachutiste John Woods.

C'est un jeune homme aux cheveux bruns, le visage juvénile, presque trop doux pour être en uniforme. En revanche, ses yeux démentent cet air de parfait boy-scout. Son regard est profond, cette fois trop vieux pour son âge. Woods baisse facilement ses yeux, mais leur éclat fugace suffit à révéler combien le jeune soldat comprend et analyse chaque situation.

O'Neil s'est senti comme mis à nu, jaugé en une seconde, comme si Woods avait perçu ses forces et ses faiblesses d'un seul regard.

C'en est perturbant pour l'officier. Pourtant, à l'observer poursuivre la préparation du matériel avec les autres, rien ne trahit une quelconque malice ou intention chez le soldat.

Seules une force et une infinie détermination transparaissent dans ses gestes. O'Neil comprend le mouvement général envers ce jeune orphelin volontaire.

À ses côtés, Garrett l'observe du coin de l'œil.

Il se permet de proposer un chewing-gum à l'officier en parlant doucement :

— Vous avez compris, mon Lieutenant, n'est-ce pas ?

***

Au soir du 5 juin, la section O'Neil, rattachée à la 101ᵉ division aéroportée, embarque pour être larguée en arrière d'une plage du débarquement, nom de code *Utah Beach*.

Ces premiers parachutistes sont envoyés en éclaireurs pour baliser le saut du reste de la division et de la 82ᵉ.

Ils portent le nom de *Pathfinders*.

Du C-47 qui survole la Normandie, l'escouade saute, John Woods en tête, suivi de O'Neil. Les premiers tirs allemands se font en direction des derniers parachutistes qui s'égrènent en traînées dans le sillage de l'avion. Plusieurs soldats sont morts avant d'avoir touché terre. Woods est au sol en premier, ou plutôt l'eau, puisque le champ est complètement inondé, à partir d'un petit ruisseau détourné. Il sort un poignard effilé et tranche ses haubans avant que sa voile ne lui tombe dessus. Il est en train d'enfouir la soie blanche dans la vase quand O'Neil tombe dans un creux du terrain, une véritable mare. Woods le rejoint rapidement et découpe la toile qui recouvre l'officier, suffocant déjà sous le poids de son matériel trempé.

Sorti de la flaque profonde, il remercie Woods et remarque :

— Nous avons été largués au mauvais endroit, les champs devraient être secs.

— Non, mon Lieutenant, je crois que nous sommes dans le bon secteur. Les Allemands ont inondé les cultures, je pense. Regardez le cours d'eau, nous sommes à peu près au bon endroit, montre Woods de la pointe de son couteau.

— Ils ont inondé les champs ?!

— Vous n'auriez pas fait pareil, vous ? répond le jeune soldat sans émotion, énonçant simplement un fait.

Les deux hommes cessent leur discussion à l'arrivée d'un autre parachutiste un peu plus loin, près d'une haie du bocage. Simultanément à son atterrissage, un feu nourri se déclenche à partir de la route en contrebas. Le soldat est tué sur le coup. Woods s'élance dans la nuit, demandant au lieutenant de veiller à ce que leurs camarades ne se noient pas.

O'Neil n'a pas même le temps de répondre que le soldat a disparu dans l'obscurité, dans un silence total. L'officier entend des voix allemandes qui viennent des haies toutes proches. Il sort de son emballage étanche son arme quand il entend une troisième voix allemande appeler de l'autre côté de la haie.

Les soldats de la Wehrmacht semblent désorientés, O'Neil en voit qui courent le long des arbustes. Puis une grenade explose, et une rafale d'arme automatique américaine abat les soldats allemands encore debout. Une seconde explosion atteint leur véhicule quand le dernier soldat s'enfuit vers la route. Une main sort de la haie et l'attrape par son harnais, le faisant pivoter dans sa course et s'empaler sur la baïonnette de John Woods.

L'Allemand se trouve nez à nez avec un visage juvénile noirci par une peinture de camouflage.

Tandis qu'il se vide de son sang par la plaie qui lui déchire le ventre, il entend une dernière phrase en allemand prononcée sans accent par ce jeune Américain.

— *Gute Nacht*[1]…

***

John Woods quitte la haie et revient les pieds dans l'eau vers son lieutenant. Derrière lui, deux parachutistes sortent à sa suite de la protection des arbres. La scène est éclairée par le véhicule incendié. Woods interpelle O'Neil.

— Mon Lieutenant, il faut se mettre en route. Les Allemands vont voir l'incendie. Le sergent Garrett est mort, ils l'ont eu en l'air. J'ai trouvé la balise EUREKA plus loin, elle est sous l'eau, énonce Woods calmement.

— Merde ! Où sont les autres ? demande l'officier.

— Nous ne sommes que quatre, les suivants ont dû arriver plus loin, de l'autre côté du chemin, je pense, dit Woods.

— Allons-y, nous vous suivons, Woods. Anderson, vous fermez la marche, ordonne le lieutenant.

Les quatre hommes traversent le chemin rapidement et gagnent le champ suivant. Ils retrouvent certains de leurs cama-

---

[1] « Bonne nuit ».

rades, mais aussi plusieurs cadavres des leurs. Le lieutenant O'Neil rassemble ce qu'il reste de sa section et fait état des pertes.

— Le sergent Garrett est mort, ainsi que Jones, Gomez, Lewis et Rizi. Nous sommes 9, les autres sont manquants pour le moment. À voir au point de ralliement si nous les retrouvons. La balise radio est sous l'eau dans le champ derrière. Il faudra faire le balisage avec les lampes holophanes. Nous en avons sept en état de marche, Dieu merci. Pour le moment, il faut trouver une DZ^2 qui ne soit pas inondée dans notre secteur. Nous n'avons plus que deux heures avant les prochains parachutages. Woods et Anderson, vous prenez l'avant-garde, le coin grouille d'Allemands. L'objectif est la prairie après la ferme alpha. Restez à portée de voix basse, nous ne verrons plus grand-chose une fois éloignés, précise O'Neil.

Les neuf soldats quittent le champ au sud du chemin, passant plusieurs haies du bocage normand. Au loin, des coups de feu se font entendre, des cris, des aboiements. La petite troupe découvre encore cinq parachutistes morts, deux pris dans les arbres. Un seul est de leur section, les autres ont dû être largués trop loin de leurs objectifs.

En chemin, O'Neil se rapproche de John Woods et lui demande où il a appris à parler allemand avec un accent si correct.

— À l'orphelinat, mon Lieutenant, il y avait des gosses allemands avec nous, répond simplement le soldat.

— Pourquoi vous n'avez rien dit au recrutement ? Personne ne m'avait dit que vous parliez leur langue, remarque le lieutenant.

---

[2] DZ = Dropping Zone, zone de parachutage.

— Personne ne m'avait demandé à l'engagement, mon Lieutenant, dit Woods, un sourire en coin.

— Mais… ?? commence O'Neil.

— Quand j'ai dit que je sortais d'un orphelinat avec le métier de maçon, l'entretien a été terminé. Et je me suis engagé dans les parachutistes. C'est tout, mon Lieutenant, dit Woods, le plus sérieux du monde, avant de reprendre la tête de la petite colonne.

Anderson et Woods guident leurs camarades à travers un chemin de terre. Ils arrivent à la ferme indiquée sur leur carte.

Woods progresse lentement d'arbre en arbre dans le verger attenant, Anderson à sa suite.

O'Neil attend près d'un pommier plus gros, les six soldats restants déployés en étoile autour de lui et du matériel de guidage.

Une porte s'ouvre sur un rectangle de lumière. Un homme et un jeune garçon scrutent le ciel.

Le Français éteint la lumière et referme la porte derrière lui et un garçon d'une dizaine d'années environ. Dans le jardin, tous les deux lèvent la tête, scrutant le ciel, éclairé de loin en loin par les explosions des tirs de la DCA allemande.

Woods fait signe à Anderson de rester en soutien tandis qu'il progresse silencieusement vers les deux Français.

Le jeune garçon écoute et demande, impressionné, à son père :

— Tu crois que c'est le débarquement ?

— Je ne sais pas, fiston, mais ça semble être une grosse opération, cette fois… Et ta mère qui est sur la côte ! Bon sang de bois ! s'exclame l'homme.

Au loin, les tirs se font plus fort, et des faisceaux lumineux balayent le ciel.

— On dirait bien que les Boches vont se faire botter le cul cette fois ! dit l'homme.

— Nous sommes là pour ça, lui répond une voix française enjouée depuis l'obscurité.

Instinctivement, l'homme se place devant son garçon tandis qu'un soldat sort de l'ombre et avance vers eux. L'agriculteur reconnaît l'uniforme américain que porte un homme jeune, doté d'une arme automatique. Pourtant, son français était plus que correct, en fait comme sa langue maternelle.

— Vous êtes un Français de Londres ? demande-t-il, impressionné.

— Non, je viens de New York, répond le GI.

Puis il siffle doucement le cri d'une chouette et un autre soldat sort de derrière un pommier, reproduisant à son tour le cri de l'oiseau.

Quand O'Neil parvient devant la petite ferme, Woods est en train de s'entretenir en français avec le Normand et son fils. La conversation lui paraît fluide, Woods ne faisant pas répéter une seule fois au paysan français.

O'Neil demande à Anderson s'il savait que Woods parlait si bien français. Le soldat hausse les épaules, comme si ce fait n'était absolument pas étonnant de la part du prodige de la section.

Quand il a terminé sa conversation, Woods se tourne vers son officier pour lui rendre compte.

— Vous allez me dire qu'il y avait quelques Français aussi à l'orphelinat, Woods ? demande le lieutenant, plutôt méfiant.

— Sœur Fanny était française, mon Lieutenant. Elle m'a parlé français durant toute mon enfance… Mais bon, ce n'est pas le sujet, non ? Mon Lieutenant, le fermier dit que son champ là derrière n'a pas été inondé par les Allemands. Je pense que ce pourrait être une DZ, si vous êtes d'accord. Ça reste dans notre secteur, je pense. De plus, leur ferme est isolée et domine la route, nous ne manquerons pas de voir les Allemands arriver. Qu'en pensez-vous, mon Lieutenant ? demande Woods d'une voix sincère.

L'officier ne sait que répondre à ce soldat qui lui apparaît comme trop parfait. Il en viendrait presque à le soupçonner de ne pas être celui qu'il prétend s'il ne se souvenait pas qu'il lui doit la vie. Woods, par son attaque de la patrouille allemande, a sans doute sauvé la vie à la section.

O'Neil éclaire la carte sous une bâche à son tour, s'orientant par rapport à la ferme. Il ne peut que reconnaître le bien-fondé du dispositif proposé par Woods. Proposé seulement, car c'est bien lui, l'officier, qui ordonne aux hommes de se déployer avec les lampes de guidage. Les sept lampes constitueront une forme de T majuscule pour le guidage des prochains aéronefs, malheureusement sans la précieuse radio EUREKA. Trois soldats s'occupent de mettre en place les balises, tandis que trois autres se positionnent en protection à l'arrière du champ.

O'Neil, Anderson et Woods restent près de la ferme, derrière un muret surplombant la route.

O'Neil ordonne à Woods de surveiller les deux Français qu'il a installés avec eux.

— Comment t'appelles-tu, mon grand ? demande Woods en français.

— Pierre, M'sieur.

— Moi, c'est John, dit-il en lui tendant du chocolat.

L'enfant mange avec le sourire, tandis qu'Anderson lui passe la main dans les cheveux.

— *Good boy*[3] ! lui dit-il en souriant.

Quand les bruits d'avions se font plus proches, c'est le signe que la vague principale de parachutage va avoir lieu. O'Neil ordonne d'allumer les faisceaux, dont celui de couleur, pour guider les pilotes. Les tirs de DCA ont repris ; au loin, des phares masqués annoncent l'arrivée des soldats ennemis.

Woods, sur un signe de tête de O'Neil, envoie le père et son fils se cacher dans la cave.

Sur leurs trépieds, les balises holophanes sont invisibles de la route, seuls les avions peuvent les remarquer.

Le largage a commencé quand les premiers Allemands montent le chemin vers la ferme.

Woods et Anderson se déploient sur le côté gauche de la route, ouvrant un second poste de tir, tandis que deux autres soldats quittent les balises pour renforcer la position de O'Neil.

Ils font feu simultanément, stoppant la progression des Allemands. Dans le champ, les parachutistes sont accueillis par les *Pathfinders*, se regroupant en unités. Plusieurs viennent prêter main-forte à la section O'Neil. Au loin, un avion s'écrase, illuminant l'horizon d'une lueur orangée. Les unités sont mélangées, plusieurs sont loin de leurs objectifs de saut.

Woods et Anderson prennent la tête du dernier assaut contre la colonne allemande. La route est dégagée, mais les pertes sont lourdes chez les parachutistes ; beaucoup ont été tués lors de leur approche finale.

Les unités se reforment comme elles le peuvent, chacune avec son objectif. O'Neil rassemble provisoirement des soldats ayant perdu leurs groupes, pour poursuivre son itinéraire prévu vers la côte. D'ici quelques heures, le débarquement commencera sur les plages. La mission de la section est d'at-

---

[3] Brave garçon !

taquer une garnison de Waffen SS afin de les empêcher de défendre le secteur d'*Utah*.

Woods recommande au fermier de guider les parachutistes perdus en direction de la côte.

Pierre, le garçon, lui demande :

— Vous irez jusqu'à Berlin ?

— À Paris d'abord, mon bonhomme ! rétorque en souriant le soldat Woods.

Dans la nuit normande, les troupes aéroportées avancent prudemment, utilisant les célèbres criquets métalliques pour se reconnaître.

Dans la section O'Neil, les GI's se répondent par le cri de la chouette, adopté par Anderson puis tous les autres, même ceux récupérés en route. Tous suivent le jeune soldat qui lit le français et ouvre la marche.

O'Neil ne peut s'empêcher de penser qu'il a gagné au change en prenant la tête de cette section plutôt que la Troisième. Lui aussi se prend à être confiant. Pourtant, l'invasion n'a pas encore commencé, là-bas, sur les plages.

Dans la campagne normande ont lieu de nombreux accrochages avec les troupes d'occupation. L'effet recherché est la déstabilisation de la défense allemande et la coupure de ses voies de communication et de renforts.

Le lieutenant O'Neil a pu reconstituer une section d'une vingtaine d'hommes en chemin et récupérer un opérateur avec sa radio en état de marche. L'objectif est une garnison de la Waffen SS. O'Neil a fait la jonction avec une autre section. Le pilonnage des défenses côtières va bientôt commencer et il est impératif d'attaquer la garnison avant qu'elle ne fasse mouvement vers les plages.

Pour autant, les Allemands ne sont pas inactifs, loin de là. L'agitation règne dans le camp, des véhicules blindés attendent, moteurs démarrés.

O'Neil pensait avoir un peu plus d'effet de surprise, les ennemis sont en nombre et en train de s'équiper. Les Allemands ont compris au vu des parachutages de la nuit qu'une vaste opération se prépare sur la côte. La question est de savoir où et si ces attaques de la nuit ne sont que des diversions ou pas.

O'Neil suit le plan d'attaque prévu de longue date. Woods et Anderson se portent volontaires pour infiltrer la garnison allemande et placer des explosifs pour semer la confusion.

O'Neil accepte et se joint à ce premier groupe d'assaut, le second étant confié à l'officier de l'autre section.

O'Neil choisit deux autres hommes et confie le reste de ses soldats à la seconde section.

Le groupe de cinq hommes laisse ses sacs près des mitrailleurs qui s'installent sur la route pour s'opposer à la sortie des blindés ennemis.

Woods et Anderson ouvrent le chemin dans un petit bois pour contourner l'entrée du manoir normand qui sert de casernement.

Parvenus à l'arrière de la cour, deux Américains hissent Woods puis Anderson sur le faîte du mur d'enceinte pour couper les fils barbelés. Les deux soldats rampent sur le toit d'un hangar à véhicules, d'anciennes écuries, selon toute probabilité. Anderson est le premier à descendre dans la cour. Tout de suite, il place un explosif à la base du mur de briques, dans la cavité maçonnée d'une ancienne poterne. Woods le rejoint, son poignard ensanglanté dans une main. Anderson voit le sang et regarde la main libre de John qui lève deux doigts pour répondre à son interrogation silencieuse. John essuie son couteau sur sa manche et le range.

Les deux hommes entrent dans le hangar et continuent à dérouler le fil du détonateur derrière eux, le camouflant au mieux sous le sable de la cour. Anderson suit Woods et enjambe les deux corps des Waffen SS allongés derrière un camion.

Dehors, une voix appelle en allemand. Les deux Américains se figent. Woods se baisse sur les corps et cherche les plaques d'identité des Allemands. Il répond d'une voix faible, imitant un homme blessé.

— *Hilfe ! Es ist Kurt ! Komm schnell*[4] !

Woods se rapproche de la porte du hangar et fait signe à Anderson de déclencher les explosifs à son signal. Les voix se rapprochent, appelant le soldat Kurt.

De la porte, les Allemands aperçoivent deux bottes qui dépassent de l'arrière du camion. Ils se précipitent sans prendre la précaution de regarder sur leur droite, derrière le vantail de bois. John Woods les abat d'une rafale, tandis qu'Anderson déclenche l'explosif qui ouvre l'ancienne poterne.

John se positionne à l'entrée du hangar pour couvrir l'arrivée de O'Neil et des autres hommes. Pendant ce temps, la seconde section lance l'attaque contre le portail, semant la confusion. Woods tire sur les Waffen SS qui sortent du manoir, les empêchant de renforcer la garde du portail. Il jette plusieurs grenades, permettant à O'Neil et aux deux parachutistes de les rejoindre à l'abri du hangar.

Dans le manoir, les Waffen SS ripostent férocement contre les deux fronts d'attaque, l'entrée principale et l'arrière du manoir, vers le hangar aux camions. O'Neil comprend que sa puissance de feu sera trop faible pour contrer une prochaine sortie de l'ennemi.

Woods lit lui aussi très vite la situation. Il prend deux bidons de carburant dans un angle et demande à tous de le

---

4   À l'aide ! C'est Kurt ! Viens vite !

couvrir. Il passe son arme automatique en bandoulière après avoir chargé ses poches de plusieurs grenades et court vers le manoir. O'Neil et les trois autres parachutistes tirent en direction des fenêtres. Quand Woods est contre le mur, il tire à bout portant contre un soupirail de cave et y jette une grenade. Après l'explosion, il fait passer les deux bidons d'essence par le soupirail et il jette deux grenades dégoupillées. Ses camarades tirent à nouveau un chargeur complet tandis que Woods court se mettre à l'abri dans le hangar. Il vient à peine de passer la porte quand une formidable explosion secoue le sous-sol et le rez-de-chaussée du manoir. D'immenses jets enflammés sortent par les fenêtres et le soupirail, bientôt suivis par une multitude de soldats allemands en proie aux flammes.

Les parachutistes profitent de l'explosion pour pénétrer dans la cour et terminer l'assaut, installant une mitrailleuse lourde pour tirer sur l'étage du bâtiment. L'incendie force les derniers soldats à sortir pour engager un combat perdu d'avance.

Woods et Anderson disposent des explosifs sous deux blindés half-track. Quand la section O'Neil quitte le manoir, ils déclenchent les détonateurs. Sur la mer, une armada apparaît dans la lueur de l'aube. Les croiseurs ouvrent le feu en même temps sur les défenses côtières.

Le ciel est rempli d'avions. Les premières barges du débarquement s'avancent vers les côtes normandes.

La section O'Neil marche en direction des plages, son objectif suivant est la tenue du prochain village sur cette route à travers le bocage normand. Retarder l'ennemi, l'empêcher de rallier les plages pour aider à leur défense, voilà ce que doivent accomplir les parachutistes de la petite troupe menée par O'Neil. C'est lui l'officier le plus gradé pour le moment. Il a récupéré en chemin trois soldats de plus, trois perdus à travers champs.

O'Neil presse le pas et rejoint Woods. Il est impressionné par la maîtrise du jeune homme au plus fort du combat. C'est comme si l'exaltation de l'assaut lui avait été inconnue.

John Woods a l'air d'un vieux vétéran alors que c'est sa première expérience au feu. Anderson l'a suivi aveuglément, c'est vrai, mais ses mains tremblaient après l'attaque du manoir. Pas celles de John Woods. Il marche calmement au centre de l'escouade, mangeant rapidement les sardines d'une boîte.

O'Neil s'adresse à lui alors que le jeune homme termine de s'essuyer les mains.

— Tout va bien, soldat ?

— Oui, mon Lieutenant, je prends quelques forces pendant que nous le pouvons. Vous sentez cette odeur ? demande-t-il à son officier.

— J'ai le nez encore plein des fumées de l'incendie, répond O'Neil.

— Ça sent l'Europe, dit simplement le soldat avec un grand sourire.

O'Neil respire fortement à son tour. Il ne décèle que les parfums de la campagne au petit matin. Cela lui rappelle les plaines où la famille de sa mère s'était installée… avec peut-être autre chose, c'est vrai, mais quoi ? Du cuir vieilli ? De la pomme… ou du vinaigre ?

Comme en réponse à son cheminement de pensée, Woods poursuit :

— Ce sont les senteurs de l'Ancien Monde, mon Lieutenant !

L'officier n'a pas le temps de continuer la conversation, car la petite troupe est en vue du village. Plusieurs maisons brûlent ; au loin, la rumeur des combats sur les plages se fait entendre.

Les parachutistes se séparent en deux colonnes le long de la route. Ils ont entendu le bruit des moteurs de véhicules allemands. Les habitations du petit village en cuvette leur avaient caché la vue des soldats ennemis.

O'Neil et le second lieutenant réagissent vite en ordonnant un tir de barrage à partir des fossés de la route. Woods a déjà épaulé son arme avant même les ordres des officiers. Il abat d'une balle dans le visage le pilote du side-car de tête. Puis il envoie une grenade dans le command-car tandis qu'Anderson et les autres parachutistes ouvrent le feu à leur tour. O'Neil met en place les mitrailleurs de l'autre côté de la route. Les soldats allemands ripostent et se retranchent dans la première maison du village. Des civils français crient et tentent de s'échapper. Les Américains gagnent le couvert d'un talus dans le champ attenant à la route. La colonne du côté de O'Neil est plus exposée et deux parachutistes sont déjà morts.

Woods secoue un soldat à ses côtés et lui hurle :

— N'hésite pas ! Tire !! Mais tire, bon sang !!

Suivi d'Anderson, il rampe le long du talus et gagne l'arrière d'une vieille grange. Les deux hommes cherchent à contourner les Allemands, dont les tirs fauchent d'autres soldats du fossé.

Le mitrailleur a été blessé et O'Neil a pris sa place, le servant alimentant la pièce.

Anderson et Woods escaladent le muret d'un jardin. Une porte s'ouvre sur une femme en robe à fleurs qui se met à crier. John Woods lui dit en français de rentrer dans la maison.

Les cris ont alerté deux Allemands qui tirent depuis la rue sur le jardin. Anderson les abat. Woods le remercie d'un signe de tête en constatant que son blouson a été déchiré par une balle, juste sous le bras.

Il passe le premier dans la petite rue, plusieurs civils courent pour s'éloigner des combats.

Des corps jonchent le sol dans une flaque de sang, une femme et deux enfants.

Woods regarde les petites mains qui n'ont pas lâché celle de leur mère.

Il dégoupille une grenade et la jette par une fenêtre brisée d'où proviennent les tirs.

Une seconde après l'explosion, il entre par la fenêtre et achève un soldat titubant. Anderson passe à son tour la fenêtre. Woods continue sa progression macabre, abattant à bout portant les ennemis. Cette attaque crée suffisamment de confusion pour que la colonne de O'Neil puisse se mettre à l'abri le long d'une habitation du village.

Les hommes avancent prudemment, maison par maison. Les tirs se sont arrêtés, mais tous les Allemands n'ont pas été tués. Dans le village, des cris en français se font entendre encore. Woods et Anderson passent dans le jardin suivant quand un soldat allemand apparaît à la fenêtre de l'étage, visant la colonne O'Neil. Anderson crie et tire vers la fenêtre. À découvert, il est touché et s'écroule. Woods court vers la porte de la maison. Plusieurs rafales tirées de l'étage le bloquent dehors. Il regarde Anderson qui bouge, cherchant à ramper. Woods voit l'escalier intérieur, mais il ne peut entrer, un soldat doit le protéger depuis l'étage.

John pose son arme à terre et s'accroche à la gouttière. Il prend appui sur un volet de bois et se hisse vers le premier étage. Agrippé au mur, il parvient à l'angle de la fenêtre ouverte. Il lance sa dernière grenade quadrillée et saute dans le jardin. L'explosion lui donne le temps de prendre l'escalier, mais sans ramasser son arme. Il tranche la gorge du premier soldat en haut du palier alors qu'il se relevait à peine.

Woods ramasse sa mitrailleuse stern et vide le chargeur dans la chambre dévastée, sur deux soldats déjà morts.

Puis il descend et se précipite vers Anderson. O'Neil et son escouade les rejoignent. Anderson est touché à la cuisse. Tandis qu'il est pansé, il regarde Woods et lui dit :

— Il y avait aussi des singes dans ton orphelinat du Bronx pour que tu grimpes comme ça ?

Woods se contente de sourire et de serrer la main d'Anderson.

— Merci, John… lui dit-il plus sérieusement.

***

Dans l'après-midi du 6 juin, la section O'Neil qui tient le village stratégique fait sa jonction avec les éléments de la 4ᵉ Division d'Infanterie américaine, débarquée à *Utah*.

Les hommes, exténués après les derniers combats pour débusquer tous les soldats allemands du village, prennent du repos la nuit tombée. Anderson a été évacué vers le poste médical installé près de la plage.

O'Neil rapporte l'état des pertes et des disparus au poste de commandement.

Quand il retrouve ses hommes dans une maison abandonnée du village, il s'assoit à côté de Woods qui mange en silence.

O'Neil retire son casque et sort lui aussi une ration de son sac. Il regarde la nuit marquée par des explosions lointaines et s'adresse au jeune soldat.

— J'ai parlé au commandant, Woods. Vous recevrez votre grade de sergent dans les jours qui viennent… Et ne me dites pas que vous n'êtes pas prêt, coupe-t-il le jeune soldat.

Woods sourit et accepte. Il verse du café dans un quart et le tend à l'officier.

— Tenez, mon Lieutenant, vous l'avez bien mérité.

Le lendemain, la section O'Neil continue la campagne de Normandie, Woods toujours à son poste d'avant-garde, mais sans Anderson.

C'est au cours d'une contre-attaque d'un détachement de la Waffen SS qu'il perd la vie.

Au soir du 7 juin, O'Neil et les parachutistes avec lui depuis la nuit du 6 sont assis autour d'un feu. Tous se taisent. Tous savent qu'ils doivent leur vie à Woods, qui a donné la sienne pour les sauver.

C'est Scott qui parle en premier.

— Il en a tué plus de trente avant d'être… commence-t-il.

— Il y en avait un avec une fourche plantée dans la poitrine, précise le soldat Statucki.

— J'ai reçu ses insignes de sergent, dit O'Neil en regardant ses mains.

— Je n'aurais pas eu le cran de faire ce qu'il a fait, je le reconnais, poursuit Scott.

— Empoigner la mitrailleuse et se jeter sur eux avec ses grenades, c'est fou, quand même, complète Statucki.

— Ils nous auraient tous fauchés, il le savait, dit O'Neil en passant une bouteille à son voisin.

Le silence retombe autour du feu pendant un long moment. C'est Statucki qui reprend la parole alors que Scott pleure en silence.

— Qu'ont-ils fait de son corps ?

— Il est en route vers un cimetière provisoire, avec celui de tous les autres. Que croyez-vous ? Il y a des milliers de morts déjà, répond l'officier.

— Des milliers peut-être, mais il n'y en avait qu'un seul comme lui ! dit Scott avec un air de défi.

— Sûr…

— À John ! dit O'Neil en levant son quart.

— Nous ne l'oublierons pas, proclame Statuky.

Le 10 juin, le corps du soldat John Woods est enseveli dans le cimetière provisoire non loin des plages d'*Omaha*. Il sera appelé le cimetière Saint-Laurent N°1 jusqu'à la création du cimetière définitif, toujours à Colleville-sur-Mer.

Les hommes qui s'occupent de John enterrent un corps très abîmé, un bras arraché par l'explosion des grenades. Le bras avait été « ajouté » près du corps meurtri par ses camarades. Les fossoyeurs récupèrent une des deux plaques d'identité du soldat et laissent la seconde accrochée au corps. Ils notent scrupuleusement l'identité et le référencement de la tombe provisoire et joignent la plaque aux effets personnels apportés au point de collecte des corps.

La mort du soldat suit un long cheminement administratif, malheureusement rodé depuis le début de la guerre. Quelques semaines plus tard, un courrier arrive dans un orphelinat du Bronx, une enveloppe aux armes des États-Unis d'Amérique, ouverte par une religieuse.

Sœur Fanny n'est plus depuis quelques années, la mère supérieure décide donc que le corps de cet orphelin doit rester là où il a été rappelé à Dieu. C'est la réponse qu'elle écrit à l'armée américaine. Plus tard, en 1948, lors de l'exhumation des corps à la création du cimetière définitif, la mère supérieure suivante confirme le choix précédent. John restera inhumé là où il est tombé. Elle ne saurait d'ailleurs que faire d'autre du corps de ce pauvre enfant.

Lors de la préparation de l'inhumation définitive, les embaumeurs ne trouvèrent que les ossements d'un bras complet, sans la tête de l'humérus. Des restes d'un uniforme brûlé, ainsi que la capsule d'identification contenant les empreintes digitales, sont seulement retrouvés dans le cercueil provisoire, en partie effondré. Le rapport d'enterrement faisait pourtant mention d'un corps presque entier, mais en très mauvais état.

L'équipe d'exhumation nota scrupuleusement dans son rapport les éléments qui ont été déterrés. Sans aucun doute sur l'identité du soldat John Woods, et en l'absence de requête de la famille depuis 1944, les restes furent transférés au cimetière définitif de Colleville-sur-Mer, inauguré en 1956.

Ce fut à cette date que l'ex-soldat de première classe Anderson, amputé en 1944 de sa jambe gauche à la suite d'une gangrène gazeuse, vétéran de la Seconde Guerre mondiale, commença la rédaction de ses souvenirs.

Il en avait exprimé l'idée le 7 juin précédent, lors d'une de leurs réunions avec ses amis, O'Neil, Statucki et Scott.

4

Août 2018, Paris

Sabine est assise sur un banc de pierre, dans le parc situé à quelques minutes de marche de chez elle. La chaleur du soir s'estompe un peu, un vent d'été souffle sur la ville, apportant quelque fraîcheur. Sabine est en sandales de cuir, avec une simple robe bleue à pois blancs.

Elle observe les promeneurs de ce soir d'été plutôt calme. Les vacanciers d'août ne sont pas tous encore revenus, et la jeune femme goûte la quiétude de ce soir de semaine. De rares familles dînent sur l'herbe, Sabine ne peut s'empêcher de sourire en regardant deux petits enfants aux prises avec des tranches de saucisson récalcitrantes à leurs petites dents. Nadège la rejoint un quart d'heure plus tard. Elle habite Paris, dans le XVe arrondissement, pas si loin de chez son amie, en fait.

Elle est habillée d'une façon plus sophistiquée que Sabine, talons et jupe plus courte. Elle est jolie femme et attire les regards d'un groupe d'adolescents qui étaient occupés à fumer jusqu'à présent.

Nadège évolue souvent dans le silence qu'elle déclenche. Un silence dans lequel elle est tout simplement très à l'aise. Après avoir embrassé son amie, elle s'assoit à son tour et sourit de contentement :

— C'est divin, il fait presque frais, ici ! Circuler et se garer sont d'une telle facilité. Tu as vu ? J'étais là en 15 minutes à peine, remarque Nadège.

— Oui, c'est l'avantage du mois d'août. Dis-moi, tu es vraiment bien bronzée, toi ! Tu ne devais pas partir pour deux semaines en amoureux ? demande Sabine avec malice.

— Je n'ai pas passé beaucoup de temps à l'ombre de la chambre ? C'est ce que tu insinues ? dit Nadège en faisant mine de s'offusquer.

— C'est ton interprétation…

— Viens, marchons un peu, propose Nadège d'un ton plus sec qu'elle ne le voudrait.

Sabine se lève, lui prend le bras et se penche contre son amie.

— Je ne voulais pas te blesser, Nadège. Que se passe-t-il ? demande-t-elle très sérieusement.

— Pardonne-moi. Je fais semblant que tout va bien, mais ce n'est pas super, en fait. Je suis contente que tu m'aies appelée, à vrai dire, répond Nadège tristement.

Puis elle se tait et regarde le canal bordé de gens qui goûtent le frais. Sabine sait qu'il faut attendre que son amie soit prête à parler. Elle se contente de serrer un peu plus fort son bras et de lui sourire en encouragement.

— Nous nous sommes quittés. Enfin… il m'a quittée, c'est plutôt la vérité, explique Nadège.

— Mais c'étaient vos premières vacances ensemble, non ? Il avait quitté sa femme, n'est-ce pas ? interroge Sabine.

Nadège inspire profondément et se lance dans une longue explication, la voix presque lointaine, détachée. Sabine fait bien attention à ne pas l'interrompre, elle sait ce qu'il en coûte d'oser ce genre de confession, elle en connaît le ton.

— Il a attendu que la seconde semaine commence pour me parler, le dimanche matin. Pendant une semaine, nous avons vécu des jours et des nuits torrides. C'était magnifique, bien qu'il restait tout le temps dans le contrôle, si je puis dire. Il regardait souvent son portable, prenait des nouvelles de ses enfants. Ils étaient en vacances avec leur mère, seuls avec elle pour la première fois. Ça ne changeait rien puisque depuis des années, le couple fait chambre et activités à part, surtout en vacances. Nous profitions quand même. Je me disais que reprendre contact avec mon amour de lycée était finalement une bonne idée. Je sais que tu n'étais pas emballée, par inquiétude pour moi. Mais voilà, Nadège la croqueuse d'hommes s'en sort toujours par une pirouette, ou plutôt des galipettes ! Pas cette fois. Il a attendu de passer la première semaine, sans promesse, sans discussion sérieuse. Puis, le dimanche, il m'a parlé et j'ai compris alors que nous venions de vivre notre semaine d'adieu.

— Il t'a quittée comme cela ? demande anxieusement Sabine.

— Je suis désolée, ma bichette, cela doit te rappeler l'autre abruti et sa greluche de mère. Excuse-moi de raviver cela, dit tout bas Nadège.

— Mais non, j'en ai terminé d'avoir mal. Tout va bien maintenant, grâce à toi, rassure Sabine.

— En clair, il n'est pas prêt à quitter son fameux train de vie, la belle maison déjà payée, les enfants et leurs projets d'études, ses potes du foot, la plongée… sa « petite vie », quoi !

Nadège marche plus vite et ses paroles gagnent en véhémence.

— Voilà, pour être claire, je ne fais pas le poids devant le salaire de Madame, l'image de la famille catho parfaite. Et puis, ses parents seraient choqués d'un divorce, sa mère est malade, ses amis ne comprendront pas… Et pourtant, il ne la touche plus depuis bien longtemps, sa si belle femme, qui le trompe avec assiduité, elle aussi. Mais l'habitude des apparences à conserver est si tenace chez lui, c'en est quasi écœurant. Voilà presque une année que nous jouons à cache-cache avec sa vie. Il te connaît, mes autres amis aussi, mes collègues, et moi, je n'ai rencontré personne de son côté, tout juste un copain de la plongée, par hasard. Un parfait abruti, en plus… Alors, le dimanche matin, il m'a annoncé que ce n'était plus possible de continuer et qu'il rentrait retrouver sa femme et les enfants dans l'Yonne, la grande maison de famille de Madame. Il devait partir le soir, je lui ai dit de partir sur-le-champ. Voilà pourquoi j'ai passé la seconde semaine à bronzer au bord de la piscine de l'hôtel, termine Nadège.

— Tu n'as reçu aucune nouvelle ? demande Sabine.

— J'ai téléphoné une fois, après échange de messages. Il devait être caché aux toilettes, c'était pathétique.

— Et ? Que s'est-il passé ? encourage Sabine.

— À ma question de savoir s'il m'aimait encore, il a répondu : *je ne sais pas*. La lâcheté suprême, dit Nadège d'une voix sourde.

— Très élégant et courageux, en effet, remarque Sabine.

— N'est-ce pas ? Et pourtant, moi, je suis encore amoureuse de lui, quelle parfaite idiote je fais, murmure Nadège.

— Je suis là, lui dit Sabine.

— Oui, heureusement. Allons, raconte-moi tes vacances ! dit Nadège d'une voix enjouée.

— Tu peux continuer à me parler, Nadège, ça va pour moi. Je suis inquiète, confie Sabine.

— N'aie crainte, je combats la mélancolie. Je me suis inscrite sur un site de rencontres. Je refuse d'être dans la complainte alors que lui se vautre dans le beau rôle. Il attend sans doute que je l'appelle, cela flatterait son ego. Après son *je ne sais pas*, il peut compter sur mon silence, c'est tout ce qu'il recevra de moi, assène Nadège, très déterminée.

— J'admire ta force, vraiment. Je ne pourrais pas même aujourd'hui essayer un site de rencontres, dit Sabine.

— Il faut être prête, paraît-il, mais je ne le suis pas. Tous ces hommes inscrits me paraissent débiles, sans compter les pervers professionnels. Je le fais pour rester vivante, et puis, sait-on jamais… Mais bon, allez, j'ai faim ! Que dis-tu de ma proposition ? Je commande des sushis, nous dînons chez toi et tu me racontes tes vacances devant un apéro, ça marche ?

— Vendu ! Mais tu dors chez moi si tu bois, non négociable, lui lance Sabine.

Les deux amies marchent en direction de la sortie du parc, pour regagner l'appartement de Sabine. L'enseignante conte par le menu détail ses deux semaines en Normandie, trop sages selon les critères de Nadège. Elle lui fait part de son projet scolaire de recherches sur un soldat américain, choisi parmi les morts au combat inhumés à Colleville.

Nadège termine sa barquette de choux et interroge son amie :

— Tu n'avais pas déjà fait un truc comme cela ? Je crois me souvenir…

— Oui, presque, le « soldat allemand », avec ma collègue Colette qui est partie en retraite, répond Sabine.

— Quelle différence ? À part la langue, bien sûr.

— C'est une variante. Cette fois, les deux classes travailleront de concert, chacune dans son pays. Pour le soldat allemand, nous avions commencé à partir de l'article d'un journal local allemand et nous avions emmené les élèves sur la tombe du jeune Günther, explique Sabine.

— Tu ne m'avais jamais expliqué toute l'histoire, remarque Nadège.

Sabine se lève du canapé, emportant son verre de vin rouge. Elle le pose sur son bureau et cherche un épais dossier dans un meuble fermé par une porte à rubans. Elle revient s'asseoir devant la table basse et ouvre la pochette en carton. En première page se trouve une photo de taille A2 d'un homme jeune en tenue de soldat bavarois. Il semble en effet très jeune, malgré sa pose martiale. C'est une copie d'une vieille photographie imprimée dans un journal. L'épreuve est en noir et blanc, très nette pour l'époque.

Sabine prend la feuille de la synthèse des recherches et lit à haute voix à Nadège qui observe attentivement le portrait.

— Günther Wolf, né en Bavière en 1899 a priori, la date n'est pas confirmée. C'est la seule photo qui existe de lui et qu'un de ses compagnons d'armes a récupérée chez un photographe où ils s'étaient arrêtés au cours d'une permission à l'arrière. Le jeune homme est mort à la fin de l'été 1918, lors d'une offensive franco-américaine dans l'Argonne.

— Il a été enterré en France, alors ? demande Nadège.

— Oui, les corps étaient ensevelis près des champs de bataille, même si lui, techniquement, n'a pas été inhumé, précise Sabine.

— C'est-à-dire ? questionne Nadège en avalant un maki.

— En fait, sa tombe ne contient aucun corps. D'après l'article de presse, le jeune soldat a été pulvérisé par des obus lors d'une offensive de chars français, les célèbres FT Renault. Il se sacrifia après la mort d'un Feldwebel, pour tenir une mitrailleuse et ralentir l'attaque franco-américaine, ce qui permit à ses compagnons d'armes de se replier en troisième ligne. Il avait 18 ans seulement. Ses restes ne furent pas identifiables, excepté une main et une pièce d'identité trouvées dans le poste de tir détruit, relatait l'article.

— Ce n'est pas très gai, l'Histoire, comme matière, dit Nadège en souriant.

— La vie n'est pas toujours gaie. Cette fois, je suis partie d'une tombe choisie presque au hasard et je veux essayer de voir ce que nous pouvons trouver sur le soldat de part et d'autre de l'Atlantique, explique Sabine.

— Tu l'as choisi pendant tes vacances ?

— Oui, en marchant dans le cimetière. En fait, j'en ai sélectionné cinq, pour être sûre d'avancer sur l'un d'eux, dit Sabine.

— Qui est-il ? interroge Nadège.

Sabine relate de mémoire à Nadège l'avancée de ses recherches de l'après-midi et lui confie ses attentes des démarches que doit mener Vera à New York. Retrouver l'ouvrage d'un ancien parachutiste, un certain Anderson, aiderait à avancer, puisque selon un site internet qui le décrit, le témoignage contiendrait une photographie du soldat Woods. C'est le cas sur lequel Sabine a avancé le plus. Obtenir une photographie permettrait aux élèves de personnifier leurs recherches, de réaliser que ces tombes abritent des garçons aussi jeunes qu'eux-mêmes.

Nadège pose la photo du soldat Günther et regarde son amie dans les yeux. Elle l'interroge doucement :

— Pourquoi faire cela ?

— Comment ça ? Ces recherches, tu veux dire ? Mais ça fait partie de mon métier, de mon travail d'enseignante, répond Sabine.

— Tu pourrais te contenter de donner ton cours. Non, ce que je voulais dire, c'est qu'est-ce que cela t'apporte à toi ? Tu fais cela durant tes vacances, tu arpentes les allées d'un cimetière militaire en plein mois d'août au lieu de te faire draguer sur la plage par un beau maître-nageur, poursuit Nadège.

— Oh, tu exagères ! rit Sabine.

— Sérieusement, tu y trouves quoi ? demande Nadège.

— Sérieusement ? J'y trouve la paix, la quiétude. D'abord, c'est mon choix de métier, j'ai étudié l'Histoire pour ces moments-là, et j'aimerais que mes élèves retiennent au moins cela de mes cours : l'Histoire est partout autour d'eux dans le paysage et eux-mêmes en écrivent une partie, plus ou moins grande et belle, à eux de choisir. De plus, l'étude m'évite de penser trop à la mienne, d'histoire, confie Sabine.

— Tu n'arrives pas à l'oublier ? demande Nadège.

— Je n'arrive pas à oublier, il y a une différence. Je ne regrette absolument pas cet homme, comment pourrais-je l'aimer encore après une telle infamie ? Mais cet épisode fait partie de ma vie, il m'a rendue plus méfiante, moins enthousiaste de rencontrer quelqu'un. J'imagine que ce John Woods avait peut-être une fiancée au pays, mais le destin les a séparés. Ces recherches m'apportent de la grandeur d'âme, ce qu'il n'y a pas dans ma petite histoire si « simple » : un sale type m'a quittée pour la « simple » raison que je ne pouvais « simplement » pas lui donner un enfant, explique Sabine.

— Celui-là ne vaut pas mieux que le mien qui est un parfait lâche. Nous sommes loin effectivement de ces héros morts sur nos plages. Tu avais raison, Sabine, je n'aurais jamais dû le recontacter, le passé est le passé. On peut l'étudier, comme toi, mais il ne faut jamais le remuer, dit Nadège en prenant le dernier sushi.

— Voilà une bien belle conclusion, Madame la Chef de produit ! dit en souriant Sabine.

Les deux amies poursuivent leur conversation sur la vie, leurs vies et le temps qui passe. L'âge avançant, la question de fonder une famille commence à se poser à Nadège, qui avoue être terrifiée à l'idée d'avoir un enfant. Elle refuse d'être une mère célibataire comme nombre de ses collègues. Pour elle, former un couple uni sans enfant serait préférable à un destin de mère célibataire. Sabine ne peut qu'acquiescer à ce désir.

Elle sait que jamais elle n'aura d'enfant, mais rencontrer un compagnon, aimer et être aimée, ce serait l'accomplissement de son rêve secret.

Mais, pour le moment, personne n'a su percer ses défenses et sa méfiance.

Les deux amies ramassent les plats du salon et nettoient la table basse. Le dossier Günther reste posé sur un bord, grand ouvert, la photographie en noir et blanc en première page.

Sabine prépare deux tasses de café avec sa machine de célibataire. Elle vient avec les tasses pour s'asseoir à côté de son amie. Elle prend son téléphone portable et lui montre les quelques photos qu'elle a prises en Normandie.

Ce sont des images de paysages, de soleil couchant, d'autres du port artificiel d'Arromanches. Jamais Sabine n'est sur une prise, ce n'est pas une adepte du selfie.

Les dernières photos sont celles des tombes du cimetière de Colleville, des différentes croix blanches gravées avec les noms des soldats.

Celle de John Woods ne comporte que sa date de décès.

Leur contemplation est interrompue par la notification d'arrivée d'un message électronique sur le téléphone de Sabine. C'est Vera qui écrit. Le titre est laconique :

John Woods.

Nadège s'enthousiasme tout de suite et dit, pleine d'entrain :

— Ça t'embête si on regarde ce qu'elle a trouvé, ta collègue de New York ?

— Au contraire ! répond Sabine, heureuse de partager ce projet avec son amie.

Sabine ouvre le courrier et lit le message en anglais dans sa tête. Elle traduit d'emblée en français, bien que Nadège soit parfaitement bilingue :

« Bonjour Sabine,

Je suis allée aux archives du comté ce matin et j'ai réussi à obtenir la communication du dossier de John Woods, qui est incomplet.

Son acte de naissance, par exemple, est manquant, l'archiviste ne comprenait pas.

John Woods était orphelin, enfant trouvé errant dans les rues de New York à l'âge de quatre ans environ. Il était habillé comme un pauvre et marchait le long des berges de l'East River. D'abord confié à la protection de l'enfance par la police, il a finalement été élevé dans un orphelinat catholique du Bronx, fermé dans les années 1960. Ce sont ces archives que j'ai trouvées, qui sont assez minces et parcellaires. Je n'ai trace de son passage aux armées que par une lettre de l'état-major informant une religieuse de son décès en France. La lettre est datée de juillet 1944.

Il n'y avait rien d'autre le concernant selon le personnel des archives ; pourtant, les dossiers des autres orphelins semblaient beaucoup plus épais.

J'ai eu plus de chance à la bibliothèque municipale numéro 4, puisque j'ai trouvé le livre de souvenirs du parachutiste Anderson.

Il y a en effet un chapitre consacré à la mort de John Woods, je t'enverrai les pages scannées plus tard.

En revanche, j'ai la photo, le portrait de John en tenue de para. Je te l'envoie dans le mail suivant.

Ça me semble bien compléter tes recherches en France, même si j'ai peu d'espoir de trouver d'autres renseignements. Je pensais avoir la chance de contacter une famille, avec des photos, des souvenirs. C'est à voir, je vais regarder les quatre autres noms que tu as relevés à Colleville. Ne crois-tu pas que ce serait plus complet et fun pour les élèves de choisir un soldat dont nous retrouverions une famille ici, aux États-Unis ?

Je te tiendrai informée des résultats de mes recherches.

À plus tard.

Vera. »

Les deux amies guettent le message suivant, mais il n'arrive pas. Sabine est la première à s'exprimer.

— C'est vrai que ce serait trop bien de retrouver une famille de descendants, avec des photos, des objets souvenirs. Mais j'aimais bien ce John Woods, je ne sais pas pourquoi.

Des senteurs de vieux cuir, de toile épaisse et de sous-bois envahissent Sabine soudainement.

— Vous avez déjà pas mal de choses sur lui, non ? Dont une photo ! précise Nadège.

— Même si les élèves mettent plus de temps à trouver ce qui nous a pris quelques heures seulement, j'ai peur que ça ne suffise pas à les occuper pour un projet sur l'année, regrette Sabine.

— Quand même, avec tout le contexte, la préparation du Débarquement, le Jour J, la création du cimetière dont tu m'as parlé, ils ont de quoi faire, remarque Nadège.

— Dis donc, tu es enthousiaste, toi ! Je ne t'ai pas connue si pleine de bonne volonté au lycée, la taquine Sabine.

Elle pose son téléphone sur la table et boit son café en se calant dans le fond du canapé. Nadège cherche son sac pour y prendre un paquet de cigarettes et un briquet. Elle regarde son portable pour consulter d'éventuels messages et le referme en jurant entre ses dents. Elle regarde Sabine en secouant la tête et sort sur le balcon pour allumer une cigarette longue et fine. Sabine garde sa tasse vide à la main et rejoint son amie sur la terrasse. L'air est sensiblement frais, signe que l'été glisse vers sa fin tout doucement. Il flotte un parfum bien particulier, celui de la rentrée.

Nadège regarde l'heure, elle travaille le lendemain, assez tôt selon son agenda électronique couplé à sa messagerie. Elle s'apprête à prévenir Sabine de son lever aux aurores quand le téléphone resté sur la table basse émet un bruit de cloche.

— Vache normande ? interroge en souriant Nadège.

Sabine rentre dans le salon pour consulter le message électronique de Vera. Elle ouvre le fichier photo d'une main et lâche sa tasse vide de l'autre. La porcelaine se brise sur le parquet.

Nadège écrase sa cigarette et rejoint Sabine en lui demandant ce qu'il se passe.

Pour toute explication, Sabine tend vers elle l'écran de son smartphone. Un soldat s'affiche en buste noir et blanc, un calot posé sur la tête. Il a des cheveux bruns et un sourire juvénile. Ses yeux paraissent si tristes, profonds également.

Ce n'est pas ce détail qui marque Nadège au premier abord. Comme son amie, elle en a le souffle coupé. John Woods est le parfait sosie du soldat Günther, dont la photographie est encore posée sur la table basse. Les deux hommes semblent être le même acteur jouant dans plusieurs films des années quarante. Au détail près que les photos ne sont pas tirées de bobines de cinéma, elles sont vraies, prises à presque vingt années de distance, dans deux pays différents.

Sabine et Nadège s'installent toutes les deux sur le canapé, chacune tenant tour à tour le portable et la photographie papier dans leurs mains. Sabine pousse sous la table basse les débris de sa tasse, du bout de son pied.

Nadège demande sans y croire :

— C'est une blague ?

5

Septembre 1918, Argonne

L'abri bétonné sent la cave, la sueur, le tabac, la bière et l'urine. Il est cinq heures du matin. Depuis une heure, les obus français s'abattent sur les premières lignes allemandes, toutes évacuées sauf les postes d'observation disposés le long du front.

Leurs guetteurs sont enfouis sous des abris fortifiés, avec des périscopes et le précieux téléphone. Le téléphone avertira de l'attaque des soldats français, et des « autres ».

Günther sait que ce sont des Américains, il les a entendus en rampant jusqu'aux premières lignes françaises il y a quelques jours. Il a reconnu cet accent traînant du Sud, si caractéristique. Il a conservé cette information pour lui, rapportant avoir entendu simplement parler anglais. Le détail suffit à satisfaire la curiosité des hommes. « Ennemis pour ennemis, peu importe la langue qu'ils parlent, tant qu'ils tirent », dit Heinrich le Feldwebel.

Il s'assit lourdement sur la bannette de terre à côté de Günther. Il lui tend une gourde :

— Schnaps ?
— Non merci, je garde les idées claires.
— Tu es prêt, Wolf ?

Wolf. Certains l'appellent même *Der Wolf* : le loup. Pour la plupart de ses camarades, il est simplement Wolf. C'est son nom, c'est vrai, mais dans l'esprit des soldats, c'est son incarnation, un loup. En quelques mois seulement de front, Günther Wolf a fait oublier son prénom, puis même son nom de famille, puisque tous pensent que Wolf n'est que son surnom. En fait, c'est plutôt un nom de guerre, comme diraient les Indiens *Croatans*.

En quelques mois, le jeune Günther, 20 ans selon ses déclarations, 18 ans selon le Burgmeister, est devenu Der Wolf, le Loup, le chasseur de la nuit.

Fusil, couteau, pelle, grenades, ses mains aussi, Wolf a usé de tout pour tuer les Français, de la tranchée les soirs de lune ou bien au corps-à-corps les nuits d'attaque. Sa férocité au combat n'a d'égale que sa gentillesse dans l'abri de la tranchée. Wolf ne boit jamais l'alcool qui entretient la fureur, endort les peurs. Dans la forêt, le loup ne connaît pas la peur, disent les hommes. En effet, les bois de l'Argonne ont quelquefois résonné des cris des victimes de Wolf. C'étaient des râles brefs, il tue rapidement, efficacement, sans volonté de faire souffrir. C'est comme si c'était dans sa nature, comme un loup, un animal qui ne pourrait évidemment pas faire différemment de son instinct. Voilà comment ses camarades le perçoivent.

Günther, l'enfant trouvé errant dans une forêt de Bavière, sur les rives d'un lac, un matin d'été. Le petit garçon parlait un allemand rudimentaire. La police ne réussit pas à identifier réellement si c'était sa langue natale principale, mais à l'âge d'environ quatre ans, le Burgmeister ne le soupçonnait pas de jouer une comédie. L'enfant paraissait presque sauvage, soutenant farouchement les regards.

Wolf s'imposa alors pour nom de baptême.

Il resta dans la famille du magistrat de la ville jusqu'à son départ volontaire pour la troupe, à ses supposés dix-huit ans.

Günther reçoit des lettres de cette famille d'adoption et il leur répond toujours avec gentillesse, ne les inquiétant jamais sur son sort. Günther reconnaît la chance qu'il a eue d'avoir été accueilli par ce couple dont les propres fils étaient déjà mariés et pères de famille…

Il reçut une enfance bienveillante, faite de rigueur et de bonté. Il mangeait à sa faim, allait à l'école et en retour était dévoué à ces parents adoptifs plutôt aisés. Ce qu'aimait par-dessus tout le jeune Günther était de partir marcher à travers les forêts et les petites montagnes alentour. Il n'avait pas son pareil pour guider les chasses de son père adoptif et ses demi-frères. Günther savait toujours où débusquer le gibier. Il parvenait à lire une piste aussi bien que le vieux garde-chasse du comte, du temps de sa vigueur.

Tous attribuaient cette aisance aux multiples randonnées qui occupaient le jeune Günther à travers les sentiers bavarois, dès le printemps venu. Chaque semaine, il allait à Munich chercher les journaux français et anglais pour son père adop-tif. Pour ces courses, il chevauchait le vieux cheval de trait que la scierie avait failli envoyer à l'abattoir.

Günther avait demandé à ses parents adoptifs la faveur de l'acheter pour lui, à charge de les rembourser par son travail. Pour le magistrat, l'animal avait été vendu la moitié du prix de sa viande. Günther s'acquittait de sa dette en allant chercher lui-même les journaux étrangers qu'affectionnait particulière-ment le vieil homme. Et pour sa mère adoptive, Günther choisissait toujours une étoffe ou des rubans dans les bou-tiques de mode.

Le vieux cheval ne rechignait jamais à partir avec le jeune garçon, même s'il ne galopait pas vraiment vite. Mais c'était une monture solide, éprouvée aux charges lourdes, alors un adolescent svelte et musclé ne constituait pas vraiment un far-deau. Et puis, son cavalier le laissait toujours brouter l'herbe fraîche des prairies au-dessus de la forêt haute, le temps que le garçon regarde les journaux de Londres, Paris, et renifle les fleurs des pâturages.

Il repliait ensuite très consciencieusement les feuilles des quotidiens avant de reprendre le chemin. Le retour s'effectuait entre le pas et le petit trot tandis que le cavalier flattait l'enco-lure du cheval en lui parlant d'Elle.

Günther était apprécié des autres adolescents du village, riches ou non. C'était comme si son statut d'orphelin le mettait à part, en dehors des rivalités de classes. Günther savait mettre à l'aise tout un chacun, mais personne ne pouvait se targuer d'être son ami intime.

Jamais il n'emmenait quiconque avec lui à travers bois. D'aucuns s'étaient bien sûr essayés à le suivre de loin, à grands efforts de discrétion. Günther semblait ne pas s'en apercevoir, marchant d'un bon pas.

Puis, soudain, toujours à peu près au même endroit dans la forêt, il disparaissait à la vue de ses poursuivants. À la vue et à l'ouïe, car à chaque fois, la forêt paraissait l'engloutir, le cacher. Le bruit de ses pas s'évanouissait dans le feulement des frondaisons alors que le chant des oiseaux reprenait de plus belle, comme pour masquer sa disparition.

Plusieurs heures plus tard, le jeune garçon réapparaissait, une fleur sous son nez, devant ses malheureux poursuivants, exténués de l'avoir tant cherché.

Aux questions, il répondait toujours par un sourire, le regard fixé sur la montagne et ses arbres.

***

Paris.
Elle est déjà à Paris. Sandy, voilà son prénom.
C'est tout ce que la petite annonce du Times *laissait comme indice.*

— Tu es prêt, Wolf ?

Günther est tiré de sa rêverie par le Feldwebel qui lui tape sur le bras. Le jeune soldat regarde autour de lui et lit la peur sur nombre de visages. Il hume l'air de la cave encore une fois, comme pour y détecter un impossible parfum. Le téléphone a sonné, l'offensive des Français va commencer, il est temps de regagner les tranchées de première ligne.

Der Wolf boucle son ceinturon et ajuste son long couteau de chasse dans son étui de cuir. Puis il arme son fusil avec l'assurance et la prudence d'un vieux chasseur.

Heinrich met son casque à pointe sur sa tête et regarde le visage de ce jeune homme qu'il apprécie tant. Ils ont mené ensemble un certain nombre de missions de reconnaissance et le vieux soldat a été à chaque fois impressionné par Günther, qui glissait comme une ombre, parfois sous le nez même des lignes françaises.

Au silence qui suit l'arrêt des bombardements survient la clameur de l'offensive. C'est une rafale de mitrailleuse française qui déchire la nuit, suivie par une multitude de tirs de soldats. De leurs tranchées, les Allemands ripostent, les mitrailleurs arrosant le *no-man's land*, cachés dans leur abri. Soudain, un énorme jet de feu troue l'obscurité en direction d'un poste de tir qui vole en éclats. Les Allemands cessent de riposter et devinent leur présence avant d'entendre leurs moteurs. Lentement, plusieurs masses noires se détachent sur l'horizon, rendues visibles par les flammes de leurs canons. Ce sont les tanks français, les chars FT Renault. D'aspect simple et rudimentaire, abritant deux soldats seulement, ils ouvrent avec facilité un chemin à travers les mortels barbelés. Les fantassins ont vite compris l'avantage de progresser à leur suite, abrités par leurs tôles épaisses. Plusieurs tirent des obus en ligne droite vers les postes de mitrailleurs allemands. Ils sont trop proches désormais pour que l'artillerie ne reprenne son pilonnage sans risquer de tuer les soldats du Kaiser. C'est un type d'offensive nouveau où pour la première fois des chars sont engagés. De nombreux assaillants sont américains.

Le Feldwebel et le lieutenant ordonnent un repli des soldats vers les troisièmes lignes au plus vite, afin que l'artillerie revienne au combat. Des renforts ont été demandés. Seuls les postes des mitrailleurs seront conservés.

Les Allemands commencent à partir, laissant un tireur sur trois en poste.

Une explosion secoue la tranchée, tuant les mitrailleurs. Heinrich le Feldwebel est touché par un éclat tombé contre le parapet. Le char à l'origine de l'attaque peine à se sortir d'un immense trou d'obus de 150mm, rempli d'eau.

Wolf en profite pour reprendre la mitrailleuse en main, poussant les deux servants morts.

Il arme le levier et fait un tir d'essai. Satisfait du fonctionnement, il fauche sans état d'âme les soldats français qui courent de trou en trou d'obus. Deux camarades portent Heinrich jusqu'au poste de tir, avant de quitter le boyau à toute vitesse. Wolf les rappelle pour qu'ils emmènent le Feldwebel.

— C'est trop tard, Günther… Je me vide de mon sang. Je vais prendre ta place. Je te couvre, pars, dit le sous-officier en toussant.

Günther le regarde en souriant et recharge sa pièce. Il observe le paysage de l'offensive, avec les Français, puis les Américains, et enfin le bois, plus loin encore.

Il tire à nouveau, balayant l'horizon de la mort qu'il sème sans scrupule. Heinrich respire fortement, assis contre le bord de béton du poste fortifié.

La riposte ennemie se fait plus précise contre la dernière mitrailleuse allemande encore en action. Deux chars se dirigent vers Günther, faisant feu alternativement.

Heinrich agrippe le bras de Günther avant que sa tête ne s'effondre, du sang coulant de sa bouche. Günther voit ses derniers camarades qui s'installent en troisième ligne.

Quelques obus cherchent les Français, mais tombent trop longs pour la plupart.

Günther est en train de recharger quand sa casemate explose sous les tirs des chars.

La bataille de l'Argonne dura jusqu'au 11 novembre 1918, le front n'avançant guère plus après le 3 octobre dans le secteur de Günther Wolf. Ce n'est qu'à la fin du mois d'octobre que ce qu'il restait de son corps et de celui de Heinrich fut récupéré par les Français.

Une main rongée par les rats et un portefeuille en cuir contenant une lettre adressée à Günther Wolf constituèrent les seuls éléments permettant de donner une sépulture à ce soldat allemand.

Dans le portefeuille, un autre morceau de papier, protégé de la pluie par miracle, était soigneusement plié au plus profond d'un rabat en cuir. C'était la page d'un journal anglais daté de 1917, difficilement identifiable.

Il s'agissait d'une coupure des petites annonces personnelles. La seule qui n'avait pas été tronquée ne présentait que quelques lignes, écrites en français, incompréhensibles en dehors de celui à qui elles étaient destinées :

> *Sandy. Londres.*
> *M., je serai à Paris pour*
> *tes 20 ans. Je t'attendrai.*
> *V.*

Elles furent ensevelies dans l'oubli, au plus profond de la terre d'Argonne, l'odeur du papier et du cuir se dissolvant dans celle acre de la terre.

6

Paris, août 2018

Sabine et Nadège observent les deux photos avec attention depuis plusieurs minutes. D'emblée, les deux soldats paraissent être le même homme, alors que ce n'est pas possible.

Sabine a commencé par échafauder plusieurs hypothèses qui s'avèrent être… impossibles.

Günther ne saurait être le père de John, abstraction faite de leurs nationalités différentes. John est né autour de l'année 1924 et Günther est mort en 1918. Idem, l'appartenance à une fratrie, même si techniquement presque possible, demeure problématique à expliquer.

Si Sabine cherche à analyser les faits, à les faire cadrer avec l'histoire de chacun des soldats, Nadège demeure perplexe et envisage plutôt une explication plus en phase avec notre époque. Il pourrait s'agir plus simplement de ce qui est nommé une « fake news », un coup monté, en fait. Sabine n'aurait pas pu tomber par hasard sur une totale invention. Sans aucun doute, les tombes existent bel et bien et contiennent les restes de ces pauvres combattants.

Mais quelqu'un de mal intentionné aurait très bien pu glisser ces photos dans le flot des documents d'époque. Vera elle-même a écrit que le dossier Woods était parcellaire, avec des documents manquants. Volontaire ou non, la tentation de les compléter aurait pu avoir lieu. Nadège opte donc pour de fausses photos, introduites peut-être voilà longtemps. Ces photographies auraient très bien pu être réalisées avec le concours d'un acteur, par exemple.

Elle explique sa théorie à Sabine et conclut :

— … des vrais-faux, en quelque sorte, tu vois. Le parachutiste écrit ses mémoires, demande à un gars de faire une photo dans les années 60 pour illustrer son bouquin et hop ! Mais voilà, l'acteur n'a pas dit qu'il a aussi fait la même chose en Allemagne, de l'autre côté de l'Atlantique, aucune chance que ça se sache. Puis pif-paf, cinquante ans plus tard, Internet est passé par là et dévoile le pot aux roses, propose Nadège.

— Comment être sûre ? Comment savoir si c'est bien le même type ? Ce pourrait être simplement une ressemblance. Je ne peux pas accepter que les élèves tombent sur les photos sans savoir si c'est du fabriqué ou pas, dit Sabine en s'asseyant sur le canapé en soufflant.

— C'est peut-être là où je peux t'aider, dit Nadège.

— C'est-à-dire ? demande Sabine.

— Ma boîte commercialise des logiciels informatiques pour le domaine de la sécurité, tu le sais. Il se trouve que nous sommes les leaders européens en ce qui concerne la reconnaissance faciale, explique Nadège.

— D'accord, mais comment ça peut nous aider, tu crois pouvoir identifier cet acteur ? propose Sabine.

— Peut-être plus tard, mais laisse-moi t'expliquer d'abord, car c'est assez complexe, dit Nadège.

Elle se baisse et ramasse au sol son sac à main en cherchant une clef USB de sécurité accrochée à un trousseau. Sabine ouvre la bouche pour parler, mais Nadège l'interrompt d'un geste délicat de la main et lui demande de l'écouter attentivement.

— Tes élèves s'amusent sans aucun doute avec les applications sur leurs téléphones pour se mettre des lunettes, des cheveux roses ou des étoiles au-dessus de la tête. Certains doivent aussi tenter de se vieillir à l'écran, les petits imbéciles. Toutes ces technologies reposent sur la reconnaissance faciale. En gros, le processeur reconnaît la forme de ton visage et place des lunettes virtuelles devant tes yeux et les maintient en place alors que tu bouges la tête. Le programme sait donc détecter tes yeux et leur localisation sur ton visage. Il sait aussi que c'est un visage et donc ne pose pas a priori de lunettes si tu filmes un vase sur la table, par exemple. Ce sont des applications ludiques, sur portables ; tout le monde tolèrerait donc un raté et s'en amuserait. Pour la société où je travaille, non seulement notre système doit reconnaître un visage et le différencier d'un ballon sans jamais se tromper, mais le plus important, c'est qu'il doit reconnaître de façon unique un visage parmi tant d'autres. Tu l'as compris, notre spécialité, c'est la sécurité. Il faut un logiciel qui soit capable d'analyser rapidement un visage, de le comparer à une bibliothèque de données pour par exemple identifier un terroriste marchant dans un aéroport au milieu d'une foule. Plusieurs sociétés dans le monde fournissent ce genre de prestations, avec des rapidités d'identification variables, à des distances plus ou moins faibles, selon l'éclairage. Ensuite vient la difficulté de l'angle de prise de vue, du mouvement du visage, ce qui peut fausser une identification. Cela explique pourquoi les photos des passeports biométriques sont faites selon des normes de prise de vue. Les systèmes les plus répandus ont besoin d'une référence cadrée pour valider une identité. Le but est d'être aussi fiable qu'une identification par empreinte digitale sans nécessairement disposer d'une empreinte. Tu commets un délit, tu es filmée, aucune empreinte n'est retrouvée, mais ton visage a été intégré par la machine qui te retrouvera plus tard, lors de ton arrivée à l'aéroport, par exemple. Le système scannera tous les passagers sans être fatigué, sans perte d'efficacité ni de concentration, comparé à un être humain. Ça, tout le monde sait faire, en fait, si je puis dire. Là où c'est plus délicat, c'est si tu sais que ça existe et que tu changes ton apparence : tu portes une perruque ou une autre teinte de cheveux, des lentilles de contact de couleur, une barbe, etc., tu as compris.

Cette fois, le nombre de pays capables de reconnaître un tel individu sera plus faible. Souviens-toi de ce criminel de guerre retrouvé des années et 40 kilos plus tard, dont seuls les tests ADN ont permis de confirmer son identité. Les empreintes digitales peuvent s'altérer par brûlures, l'ADN, lui, reste la preuve ultime, à condition de disposer d'un profil de référence. Notre logiciel est, lui, capable de reconnaître bien évidemment un visage dans une foule, pour peu que nous disposions d'une photo prise auparavant, mais surtout, il saura te démasquer, le terme est bon, si tu as tenté de te maquiller. Il saura également te distinguer d'une sœur éventuelle qui te ressemble beaucoup. La machine surpasse l'œil et l'esprit humains dans ce domaine. Sur des tests réalisés, l'humain reconnaît un même individu non maquillé dans une foule, à partir de sa photographie, avec un taux de 97,53 % de réussite. Les systèmes informatiques ont une fiabilité de 98,5 % environ. Avec le port d'artifices, le taux chute, surtout chez les humains. De même avec un groupe de personnes issues d'une même famille, ou ethnie différente de l'observateur, le pourcentage d'erreurs augmente de façon vertigineuse. Notre système saura distinguer les individus entre eux sans préjugé. Après la reconnaissance faciale, je vais te parler d'un autre terme encore plus barbare pour toi, je pense, le « deep learning ». Tu as traduit, je le sais, par « apprentissage profond ». En fait, c'est une technologie d'apprentissage d'IA ou intelligence artificielle. Tu n'es pas dans une série de science-fiction, tout va bien. L'intelligence artificielle, pour faire vite, ce sont des neurones artificiels, des algorithmes, en réseau. Et pour peu que tu prennes le temps de leur enseigner des choses, ces neurones ont vite fait de surpasser l'humain. Je t'explique, ne fais pas cette tête. Je « montre » à une machine des clichés de scanners de plusieurs patients atteints d'un cancer. Sur les plus anciens, le radiologue humain n'avait pas détecté de tumeur, trop infime. Puis, avec le temps, le cancer grandissant, l'humain l'a diagnostiqué. Il « explique » alors ses conclusions à la machine à travers un logiciel. Cela représente des centaines d'images par examen, pour un patient. Imagine que je multiplie cet apprentissage pour des centaines d'individus. Le volume de données est énorme pour un radiologue humain ; en revanche, pour l'IA, c'est son petit-déjeuner. Au bout de cette période dite de « deep learning », donc, la machine sera capable de détecter une image précurseur d'un cancer et d'alerter le médecin d'un risque, avant même que l'œil humain ne le devine. Notre entreprise a intégré ce dispositif de deep learning à notre logiciel de type IA. Pendant des mois, nous avons maquillé, vieilli des personnes, en expliquant à la machine que nous avions affaire aux mêmes individus. Nous avons également présenté des « sosies », en quelque sorte, apprenant au système à les différencier, cette fois. Plusieurs volontaires ayant subi une chirurgie bariatrique d'amaigrissement nous ont aidés également à perfectionner la phase d'apprentissage. La dernière intégration de données s'est faite avec des stewards et hôtesses de l'air « transgenres », même si je n'aime pas ce terme, trop réducteur, je trouve. Les individus masculins, au physique masculin à la naissance, je veux dire, ont eu recours à des chirurgies dites de « féminisation » au niveau du visage. Avec leurs photos de passeport avant et après la chirurgie et le traitement hormonal, ce groupe ultra-sympathique nous a ouvert une dernière phase d'apprentissage pour notre IA. Ces personnes nous ont vraiment rendu un fier service. Le résultat est que la version livrée aux aéroports est capable d'afficher un taux de reconnaissance jusqu'à 99,99 % de fiabilité, quelle que soit la méthode de maquillage. Nous sommes aussi efficaces que les empreintes digitales, le 100 % étant réservé au test ADN. Seuls les vrais jumeaux homozygotes peuvent berner l'appareil. Attention, je te parle de conditions de photographie optimales, face caméra. En mouvement et au-delà de 10 mètres, le score est moins impressionnant. Mais nous dépassons notre concurrence, chère Madame ! Que dis-je ? Nous l'écrasons !!

Nadège termine son exposé par une révérence, son verre de vin à moitié vide se balançant au bout de sa main. Sabine rit et applaudit.

Nadège salue et s'assoit sur le fauteuil en sirotant son vin. Sabine reste à sourire et attend. Nadège la regarde et demande :

— Et quoi ?

— Bah, tu peux me dire qui est le soldat sur les photos ?

— Ah oui ! dit Nadège en riant. J'avais oublié le début du truc. Bah non.

— Hein ?

— Je ne peux pas techniquement te dire qui il est, à moins d'être référencé dans une base de données moderne à laquelle mon logiciel aurait accès. Mais pour cela, il faudrait faire une requête officielle, qui ne passera pas. Les autorités croiraient que je m'amuse. En revanche, et c'est là où cela va nous être utile, je dispose d'un accès à la base de test à partir de ma connexion VPN sécurisée grâce à cette clef spéciale.

— Ta quoi ? demande Sabine.

— Désolée, je jargonne. C'est pour me connecter à distance sur mon espace sécurisé. Nous nous en servons en démo chez les clients. Avec elle, je suis en mesure de te donner le taux de ressemblance des deux individus en photo, le GI et l'Allemand. Les photos sont bonnes, il ne nous reste qu'à scanner celle de Günther. Il faut que tu saches que notre œil peut nous jouer des tours pour déterminer si c'est le même homme. Écartement des yeux, de l'arête du nez, distance entre les mâchoires, l'algorithme va comparer tous les angles de mesures qui lui seront accessibles sur chacune des photos. Il proposera un taux de ressemblance avec une marge d'incertitude. Il est considéré comme suspect un taux dépassant 95 %, mais l'humain peut être troublé dès 75 % selon les postures du visage, surtout chez des inconnus. Et nous autres, humains, avons tendance à vouloir associer un visage inconnu à un de notre propre bibliothèque, connaissances personnelles ou gens célèbres. La plupart d'entre nous fonctionnent comme cela, ma bichette. Je trouvais bien que l'autre lâche ressemblait à Cary Grant… Donc, si ton scanner fonctionne, je me connecte et je te donne un pourcentage de ressemblance impartial entre les deux soldats ; nous saurons si c'est le hasard ou s'il y a eu manipulation des photos, conclut Nadège.

Sabine attrape la pochette sur la table basse et en ressort la photographie de Günther. Elle la place sur son imprimante-scanner et allume son ordinateur portable. Elle branche le câble en parlant fiévreusement :

— Vas-y, connecte-toi à ton bidule et tirons ça au clair, je n'arriverai pas à dormir avant !

— Tu me fais penser à une archéologue. Je me grouille, je bosse, moi, demain ! rit Nadège.

Nadège s'assoit au bureau de Sabine et branche sa clé USB, qui lui ouvre un environnement virtuel de travail. Cela lui permet de se connecter de façon sécurisée au serveur de son entreprise et d'accéder au logiciel de démonstration. Sabine avait récupéré la photo de John Woods en pièce jointe du message de Vera. Nadège ajoute à la requête de comparaison le fichier scanné de la photographie de Günther Wolf.

Sabine apporte un tabouret du salon pour s'asseoir à côté de son amie qui l'attendait pour lancer le programme. Deux secondes plus tard, une fenêtre s'ouvre et donne une réponse.

— 99,09 % !! s'exclame Sabine.

— Plus ou moins 0,80 point, corrige Nadège.

— C'est donc le même soldat, murmure Sabine.

— C'est donc le même visage, nuance, la machine confirme nos doutes. Donc il y a eu manipulation, quelqu'un s'est fait passer pour ces pauvres gars. Les tombes sont authentiques, tu les as vues et ce serait trop gros à combiner. Les photos ont été ajoutées dans la liste des pièces du dossier John Woods, dans les années 50 ou 60, donc. J'opterais pour l'acteur qui a fait plusieurs photos de part et d'autre de l'Atlantique, propose Nadège.

— C'est possible. En histoire, ce genre de choses est déjà arrivé. Ce qui m'ennuie, c'est que les élèves vont être perdus… Je ne sais vraiment pas quoi faire, dit Sabine d'une voix lointaine en fixant l'écran.

— Ta copine Vera a sans doute raison de chercher un autre candidat pour votre projet, remarque Nadège.

Il est près de deux heures du matin. Sabine est assise en tailleur sur son lit, les cheveux agités par la brise de la nuit. Dans le salon, Nadège dort dans le canapé convertible. Sabine entend sa respiration ample et tranquille.

Tranquille, elle, ne l'est pas du tout. Sabine ne trouve pas le sommeil depuis que Nadège et elle ont éteint l'ordinateur.

Et si c'était tout autre chose…

Nadège est dans la certitude, le visage des deux soldats est le même, son « machin » est formel, mais ce ne sont PAS les mêmes soldats, bien entendu, puisque c'est impossible.

Donc elle opte pour la théorie d'un modèle, un mannequin, pour illustrer deux publications, le livre de souvenirs de guerre du para américain et l'article de presse allemand. Elle imagine les photos datant des années soixante, à la publication du livre. Le journaliste allemand aura sans doute puisé dans un fond iconographique pour rédiger son article des années 2000, en exhumant un cliché pris à la même période, l'acteur paraissant du même âge sur chacune des photos.

La dernière trouvaille du logiciel n'a fait que confirmer cette théorie. Nadège s'est écroulée de sommeil, satisfaite d'avoir tiré au clair toute l'histoire. Rien ne la tracassait avant de se mettre au lit.

Sabine va devoir effectivement accepter de changer de soldat pour le travail interclasses, comme le suggérait Vera.

Et si c'était le même homme à chaque fois…

Sabine ne parvient pas à se sortir de l'esprit cette remarque qu'elle sait folle. Le sourire de John Woods la perturbe. Elle ne peut croire que ce ne soit pas lui, malgré les trous dans le dossier de New York, l'absence de toute autre photo officielle ou bien la dernière photographie retrouvée par le logiciel de Nadège. Ce serait une belle histoire à raconter et fouiller plus avant, mais ce serait s'éloigner du projet de classe qui porte sur la mémoire du Débarquement.

Sabine replie ses jambes et les entoure de ses bras, reposant son menton sur ses genoux.

Comment expliquer que ce gars-là ait fait ces photos ? Personne ne le pourra jamais. Cela a bien dû avoir lieu, puisque les photos sont parvenues jusqu'à aujourd'hui, pense Sabine.

Elle a beau retourner l'histoire dans tous les sens, l'explication ne lui convient pas. Pourtant, tout semble solide, on ne peut plus plausible.

Mais elle ne peut s'empêcher de penser que le jeune parachutiste en photo est bien le vrai John Woods, tué au combat en Normandie.

L'émotion qu'elle a ressentie en regardant son visage était sincère et correspondait à celle vécue au cimetière en lisant le nom sur la croix de pierre. Sabine ne saurait s'expliquer.

C'est ce qui la tient éveillée, plus que la seconde tasse de café qu'elle a avalée à la lecture du journal de 1969 débusqué sur le web.

Décidément, cette soirée est bien longue et riche en rebondissements. Certes, le logiciel de Nadège a tenu les promesses qu'elle en avait faites, mais Sabine n'est pas convaincue des conclusions que son amie en tire. Nadège considère que le dernier épisode détermine la fin du mystère, Sabine pense plutôt que c'en est le début, un commencement de quelque chose de plus vaste peut-être…

Et pourtant, il n'y a aucune rationalité dans son ressenti, aucun indice pour étayer que cette croyance contienne un peu de vérité dans ce qui apparaît comme effectivement une simple falsification innocente, ou alors une vaste arnaque. « En tout cas, il y a eu un mort encore une fois… », murmure Sabine.

Elle se drape dans sa couette d'été, se place de côté et finalement décide de reprendre toute la chronologie de l'affaire dans sa tête.

Elle sait déjà de mémoire tous les détails de John Woods ou Günther sans trop faire d'efforts. En revanche, elle prend son temps pour verbaliser ce que le logiciel a fait apparaître à l'écran.

Sabine fixe son regard sur le ciel éclairé par la lueur de la ville et déroule le fil de la toute fin de soirée. Un vent d'ouest, frais et marin, agite les rideaux.

Après la découverte que les photographies de John et Günther étaient celles d'une seule et même personne, Nadège a proposé de procéder de façon inversée. Persuadée que la seule explication plausible était le recours à un acteur pour faire ces clichés, elle a échafaudé la théorie selon laquelle cet acteur avait sans doute dû faire d'autres photographies. Il fallait donc les retrouver et ainsi valider son scénario.

Là encore, son logiciel pouvait être d'une aide précieuse, et il le fut.

Nadège programma le profil du visage dans la machine et la chargea de rechercher les correspondances avec des images disponibles sur le web. C'était cela, sa proposition inversée, partir du visage vers d'autres ressemblances. Déguisé ou vieilli, le visage de John Woods ne saurait être introuvable pour l'application de reconnaissance faciale.

Nadège pensait que ce pourrait être un peu long, aussi les deux amies se dirigèrent vers la salle de bains. C'est la brosse à dents en bouche que Nadège appela Sabine :

— Chien boir ! Il a chrouvé un chruc !

Le programme n'affichait qu'une seule correspondance possible selon lui. Nadège commençait à douter de la base de test quand elle lut l'article du journal accompagnant la photographie et que l'explication lui parut alors limpide. Elle avait trouvé l'acteur qu'elle recherchait dans une seule correspondance, celle de la narration de sa mort. Forcément, donc, le logiciel ne pouvait plus trouver d'autres coïncidences, l'homme présenté à la fois comme John Woods ou Günther était mort en 1969 au cours du braquage raté d'une banque de Chicago.

L'inconnu se prénommait Franck et était en photo de face dans les pages d'un journal à la rubrique faits divers. Il était encore une fois habillé en soldat, dans une sinistre facétie du destin, cette fois en militaire du contingent envoyé au Vietnam. C'était la photo officielle de l'armée. Plus bas dans l'article, somme toute assez court, le corps d'un homme au sol s'étalait au pied de deux policiers, l'un tenant l'arme automatique M16 du preneur d'otages.

Sabine se remémore le récit chronologique de la mort de Franck Smith, ex-soldat rentré tout juste de Saïgon, abattu à 25 ans par les forces de police au cours d'une prise d'otages dans une banque. Après trois « tours » dans le conflit vietnamien, ce jeune étudiant en histoire était revenu au pays après un stationnement en RFA. C'est au cours de la première semaine après sa libération de l'armée que le jeune homme s'en est pris à une banque de quartier. Retenant une dizaine de personnes en otage, n'ayant réussi à ne subtiliser qu'une centaine de dollars, il a été tué par la police en tentant de fuir après avoir ouvert le feu sur les forces de l'ordre.

Pour Nadège, cet article et le fait que le logiciel ne trouve rien d'autre au bout d'une heure de recherche prouvaient le bien-fondé de sa théorie. L'homme, ce Franck, était étudiant en histoire et avait pu rencontrer à ce titre un ancien vétéran en train d'écrire ses mémoires.

Une possible ressemblance avec le vrai John Woods pouvait expliquer la tentation de faire une illustration pour le livre. L'article parlait d'un séjour en Allemagne, ce qui concordait encore une fois avec la possibilité de participer à une autre mise en scène dans le cas du jeune Günther. Tout s'accordait à valider la proposition de Nadège, aussi Sabine s'est-elle rangée à son idée. Elle s'est pourtant couchée déçue de devoir effectivement changer de vétéran pour le travail scolaire. Nadège, elle, s'est glissée dans le canapé, satisfaite de son intuition, mais toujours en colère contre son amant perdu.

Elle s'est pourtant très vite endormie, abandonnant les doutes et l'insomnie à Sabine.

Sabine rumine elle aussi de l'animosité, mais contre ce Franck, finalement médiocre braqueur. Elle trouvait John Woods si touchant avec son visage à la fois juvénile et si dur que l'imposture du pseudo-acteur lui est insupportable.

***

Le matin, Sabine déjeune avec Nadège qui part travailler ensuite. Sabine allume son ordinateur et échange des messages avec Vera à New York. Le sergent Garrett lui semble en effet être un meilleur candidat, d'autant que Véra est sur la piste d'une possible famille dans le New Jersey…

Sabine imprime quand même le portrait de John Woods et le place dans la pochette de Günther, qu'elle referme sur son bureau.

7

Avril 1969, Chicago

Elle est morte.
Elle est morte !

Franck marche de la fenêtre donnant sur le lac Michigan à la table de bois. Dessus est étalé un journal datant de deux semaines, un journal allemand. L'homme tire l'unique chaise et s'assied, relisant encore et encore l'article relatant la mort d'une journaliste et de son photographe dans une zone de combat. L'équipe était partie sans l'autorisation officielle de l'armée américaine.

Sur la photographie du journal apparaît le visage d'une jeune femme n'ayant pas atteint la trentaine. Son sourire est reconnaissable entre mille pour Franck. Elle couvrait le conflit d'Asie du Sud-Est depuis quelques mois seulement, après un séjour à Paris. Franck ne peut s'empêcher de penser que ce sont ses messages qui l'ont décidée à partir pour le Vietnam, « à ma recherche, peut-être », murmure-t-il en pleurant.

Il n'apprit sa mort que trois semaines plus tard, alors qu'il était stationné près de Stuttgart.

Son troisième séjour au Vietnam a été écourté après sa dénonciation d'un massacre de civils commis par une escouade hors de contrôle.

L'officier responsable avait eu de plus la bêtise de vouloir le faire passer lui pour un traître, un mouchard, en plein mess, devant témoins.

Le lieutenant Franck Smith se sentit donc toute légitimité pour répondre à la provocation de cet assassin galonné. Sans l'intervention des autres officiers, Franck l'aurait tué à mains nues, ainsi que son sergent-chef venu le secourir.

Le jeune lieutenant Franck Smith, tout juste promu à son troisième tour, fut donc mis aux arrêts, rapatrié en Allemagne, dégradé, mais rendu à la vie civile avec certificat de bonne conduite et sans jugement. L'affaire empoisonne le haut commandement depuis trois semaines, d'autant que le responsable de la tuerie est sorti du coma, contre toute attente, un testicule en moins.

La perspective d'un éventuel procès a conduit Franck vers la sortie, mais avec les honneurs et un an de solde, payable mensuellement, en échange de son silence.

Franck n'en avait que faire et il envisageait de régler l'affaire à sa façon quand il a lu la mort de la jeune femme dans le journal.

Il a profité de sa libération pour passer par Paris où il a trouvé son message, les siens ramassés par elle, sans doute. Il a un nom et une adresse, détails inutiles désormais.

Ils auraient pu se croiser, lui né à Chicago et elle à Sacramento. Seules quelques années les séparaient, finalement…

Franck se penche et respire l'odeur de l'encre qui se dégage encore de la photo en noir et blanc.

Il ne parvient pas à retrouver le souvenir de son parfum, celui qu'il aimait tant sentir quand il l'embrassait dans le cou.

Franck replie le journal et le jette dans la corbeille d'osier. Il prend la couverture grise pliée sous son lit et la pose sur la table.

Il l'ouvre et commence à nettoyer le fusil M16 partiellement démonté. Il pourrait le faire les yeux bandés tant il connaît par cœur ce fusil, qui se voulait d'un entretien minimum…

En vieux soldat, il prépare son arme consciencieusement.

Elle est morte. Tout est perdu.

Franck compte le nombre de cartouches à insérer dans le chargeur en aluminium, six seulement.

Le vendeur de rue proposait des chargeurs et cartouches supplémentaires pour la semaine prochaine. Franck a donné son accord pour ne pas éveiller de soupçons, mais il ne veut plus attendre. Il soupèse les six cartouches chemisées en cuivre dans sa main et se dit que cela suffira. Il faudra tirer au coup par coup, une seule rafale viderait le chargeur pas même rempli.

Elle est morte. Elle est partie.

Franck place les vingt mille dollars qu'il lui reste dans une enveloppe et inscrit un prénom dessus. Il sort dans la nuit et marche le long des quais pour déposer le petit paquet dans une boîte aux lettres située à quelques rues de là.

Puis il revient dans le petit meublé qu'il loue depuis son retour d'Europe voilà trois jours.

Deux jours auront suffi pour dénicher au marché noir une arme de guerre, sans doute sortie d'un arsenal militaire pour quelques dollars.

« Le numéro de série n'a même pas été effacé, cela conviendra bien », se dit Franck.

L'aube n'est pas loin, le jeune homme boit le café qu'il a préparé, accoudé à la fenêtre ouverte. Le printemps révèle des notes de fleurs qui sont portées par le vent. Deux corbeaux virevoltent dans les airs en croassant. Franck lève sa tasse dans leur direction en souriant amèrement.

Morte...

Il est 9 heures passées quand une voiture se range devant une petite succursale de quartier du réseau d'une banque nationale.

La voiture a été volée voilà quelques minutes à peine à un ingénieur en bâtiment par un homme grand, armé d'un fusil de guerre.

Le conducteur a eu beau protester que le réservoir de carburant était presque vide, l'assaillant à visage découvert s'est contenté de sourire en lui précisant poliment qu'il prendrait soin de sa voiture.

L'ingénieur n'a pas encore raccroché le téléphone de l'épicerie d'où il a appelé la police que Franck se gare devant la banque.

Il entre rapidement, son fusil M16 en main.

Six clients sont dans la banque, quatre femmes et deux hommes. Deux employés se tiennent debout derrière le guichet et un gardien obèse est en arme dans le hall.

Des cris fusent à la vue de l'arme.

Franck tire une cartouche dans l'horloge murale, la balle de guerre la traversant et finissant sa course dans le plâtre. Puis il vise le gardien et lui ordonne de s'allonger au sol. L'homme n'oppose pas de résistance quand Franck lui prend son revolver. Il demande à l'un des deux clients de l'attacher avec ses propres menottes.

Un des employés appuie sur un bouton d'alarme silencieuse, Franck fait mine de ne pas saisir le regard de connivence qu'échangent les deux hommes derrière le comptoir.

Il leur dit de remplir un sac de toile des billets de leurs caisses.

Déjà, les premières sirènes de police se font entendre.

L'employé tend le sac de toile, Franck le saisit et observe la rue depuis la fenêtre. Tous s'attendent à le voir fuir avec la voiture garée devant le trottoir.

Morte…

Le braqueur patiente. Il ouvre la porte et dit aux quatre femmes de sortir alors que des voitures de police se positionnent en travers de la chaussée.

Les clients commencent à baisser leurs mains, Franck tire une cartouche du revolver dans le bas du comptoir. Dehors, un policier accueille les femmes qui courent en se baissant.

Franck regroupe les employés et les clients dans le fond du hall, après avoir contrôlé que la porte d'entrée du personnel était bien verrouillée.

Il aperçoit une casquette de police près de la devanture et l'éloigne en tirant avec le M16 dans le moteur d'une voiture de patrouille, à travers la vitre qui s'effondre partiellement.

Placé sur le ventre, le gardien respire difficilement.

Franck le relève et l'adosse au comptoir.

Un client fait un pas, Franck tire une seconde cartouche du revolver dans un meuble de métal. Le téléphone sonne à ce moment-là.

Franck le regarde et tire les quatre dernières cartouches du revolver dans le combiné noir, qui explose en morceaux.

Tous les otages se couchent au sol.

Le hall est rempli de fumée bleue, l'air est imprégné d'une odeur de poudre et de graisse chaude.

Franck lève son fusil, puis vise les clients et les employés en leur parlant fermement :

— Vous allez dire aux flics de reculer et que je ne veux voir personne autour de ma voiture, sinon je tue le gardien ! Je vais partir avec lui.

Franck libère les otages les mains en l'air. Puis le braqueur s'accroupit vers le gardien qui transpire. Franck lui parle tout doucement, chuchotant presque.

— Tu utilises trop de graisse pour ton arme, tu ne tires pas assez souvent, je pense. Il faut t'entraîner plus. Je suis désolé pour les menottes. Je te laisse ceci en dédommagement. Ne dis rien au directeur de la banque, il te ferait rendre l'argent, dit Franck en glissant une liasse de billets de cent dollars dans la poche de chemise du gardien abasourdi.

Franck observe les agents qui effectivement reculent de l'autre côté de la rue. Il sait qu'il reste quatre balles dans le chargeur.

Il entrebâille la porte et pointe le canon de son arme en direction du véhicule de police laissé au milieu de la voie. Il effectue un premier tir dans la calandre, la balle stoppée par l'imposant moteur. Des cris retentissent au loin. Puis il sort et court vers son véhicule, tenant le sac de toile dans une main, son arme dans l'autre.

Les policiers qui le voient seul, sans l'otage, en profitent pour sortir du couvert des autres véhicules, armant leurs fusils.

Le braqueur tire deux coups en l'air, ce qui déclenche une riposte de la police. Une première balle de revolver atteint Franck en haut de l'épaule gauche, lui faisant lâcher son sac, qui roule sous sa voiture. L'homme parvient à lever son arme automatique et à mettre en joue un policier qui l'abat d'une décharge de fusil. Un second policier tire simultanément.

— Tu vas repartir à la guerre, Franck ?
— Oui, fiston.
— Tu vas mourir ?
— Non, je ne pense pas, ne t'inquiète pas.
— Tu vas m'abandonner comme ma Maman ? demande le petit gar-
çon.
— Elle ne t'a pas abandonné, fiston, ne crois jamais ça. Souviens-toi d'elle grâce au parfum de la fleur. Les Garrisson s'occuperont bien de toi, comme ils l'ont fait pour moi.

— *Alors, tu es comme mon frère ? demande le petit garçon.*

— *Si tu le souhaites, oui.*

— *Je préférais que tu sois mon papa. Tu veux bien ? On dirait que tu serais mon papa, hein, dis ? Hein ?*

Le souffle est court, rapide. Le champ de vision est réduit à de l'asphalte en gros plan avec une roue de voiture, un pneu noir à bande blanche et un enjoliveur en chrome.

La route dégage une odeur de chaleur, d'essence, de saleté, une odeur métallique aussi, de plus en plus forte. Puis le froid sourd du sol, transperçant. Les corbeaux crient ? … Peut-être. *Elle est morte !!*

Alors vient la nuit.

La scène semble figée. Le braqueur est à terre dans une mare de sang qui va grandissante, son fusil au sol.

Quatre policiers se ruent dans la banque et libèrent le gardien, accueilli en héros.

Quelques minutes plus tard, un reporter immortalise l'image des deux policiers, le corps du voleur à leurs pieds.

L'enquête ne parvint pas à élucider toutes les zones d'ombre de cette affaire, mais personne ne sembla s'en soucier. Aucun otage n'avait été blessé, ni aucun policier, et le voleur avait été abattu, ce qui favorisa un classement rapide du dossier.

L'exemple du braqueur, soldat à peine libéré de son service par l'armée, alimenta la cause pacifiste. Il avait été traumatisé sans doute par cette guerre si injuste pour certains. L'armée paraissait, elle, plutôt satisfaite que ce civil ne soit plus inscrit au nombre de ses effectifs. Et l'affaire embarrassante du massacre du village vietnamien n'en devenait finalement plus une.

Le seul détail dérangeant restait la disparition inexpliquée d'une partie du butin, sans doute basculée dans l'égout lors de la chute du sac de toile, qui ne contenait plus que 159 dollars en petites coupures.

Choqué par cette expérience, le gardien prit une retraite anticipée en Floride avec son épouse.

Un couple de famille d'accueil, les Garrisson, trouva une enveloppe pleine d'argent dans sa boîte aux lettres. Cette manne inexpliquée aida à l'éducation du petit orphelin de 9 ans qui leur était confié depuis une année.

Ils ne surent jamais que le braqueur de banque abattu par la police le jour même était Franck, qu'ils avaient accueilli pendant plusieurs années, avant son départ à l'université, puis à l'armée. Les Garrisson ne lisaient jamais les journaux.

Personne ne réclama le corps qui rapidement fut enterré, aux frais de l'armée, deux jours après sa mort.

Dans le petit meublé, le propriétaire ne revit plus le locataire qui avait réglé une semaine d'avance. Il ne retrouva pas sa clef ni aucun effet personnel abandonné. Il se contenta de changer la serrure.

Dans la corbeille en osier, un journal allemand chiffonné était l'unique indice de l'occupation de la chambre. Le propriétaire le conserva pour allumer son poêle l'hiver. Il l'ajouta à une pile de journaux posés dans son appentis.

Côte à côte, deux photos en noir et blanc débordaient du tas de feuilles grises :

Une femme souriante, en chemise, avec un appareil photo autour du cou, et un homme en tenue militaire d'apparat, apparaissant dans la rubrique faits divers.

Tous deux semblaient heureux de cette proximité fortuite.

8

Août 2018, Vincennes

Il est presque 21 heures quand un homme jeune sort de la caserne de Vincennes, le Fort-Neuf, par opposition au vieux château.

Ce soldat, habillé en tenue civile, traverse la route ombragée sous les arbres pour rejoindre le chemin qui ceinture les douves du château médiéval. Plusieurs personnes font des pique-niques sur la pelouse ou assis sur les bancs de bois.

L'homme, grand, marche prestement en direction de l'esplanade. Parvenu à l'angle des douves au pied du Pavillon de la Reine, il rejoint un homme âgé, habillé d'une chemise de coton. Le jeune soldat prend l'homme aux cheveux blancs dans ses bras et lui sourit.

Tous deux marchent dans la lumière du soleil couchant et donnent l'image d'un père retrouvant son fils militaire.

— Alors, dis-moi, fiston ?

— Quelqu'un a consulté le dossier de New York et un livre de la bibliothèque.

— Je croyais les avoir tous récupérés.

— Ça vient d'où, Papa ?

— Je ne sais pas, rien d'officiel en tout cas, il reste trop de traces. Les requêtes internet viennent d'un répartiteur de banlieue.

— Ici ? De ce pays ?

— Oui, je vais y travailler ces jours-ci. Il est temps que tu prennes quelques vacances, fiston, loin d'ici.

— Pas encore…

— Nous en avons déjà parlé voilà bien longtemps. Je saurai comment disparaître définitivement, pas toi. Et crois-moi, tu ne saurais conserver le secret sans souffrir inutilement. Il est temps de partir, ton autre vie t'attend, elle est prête. Je te retrouverai.

— À temps ?

— À temps.

Les deux hommes se séparent au pied de la statue de Saint-Louis après avoir dépassé le donjon. Le vieil homme regagne une voiture tandis que le jeune militaire marche vers le Fort-Neuf. Perché sur le muret des douves, un corbeau croasse.

****

Août 1938, New York, Bronx

Sœur Fanny, une religieuse française, ouvre la porte de l'immeuble de briques rouges qui regroupe sa congrégation. C'est également le lieu d'accueil d'un certain nombre d'orphelins d'origine européenne. Les États-Unis sont un pays d'immigration, Ellis Island avait fourni, jusqu'à la réduction des quotas lors de la crise de 1929, de nombreux enfants immigrants sans parents ou simplement abandonnés quelques jours après l'arrivée sur le sol américain.

La congrégation religieuse dispose de plusieurs sœurs parlant la langue de ces orphelins qui leur sont confiés par les services de Protection de l'Enfance du ministère de la Justice.

Sœur Fanny reçoit la visite d'une amie française, membre d'une œuvre de charité. Les deux femmes issues de la bourgeoisie ont suivi les cours du même internat parisien, avant de choisir des voies radicalement différentes.

Élisabeth est devenue Sœur Fanny en prononçant ses vœux tandis que Geneviève a épousé un brillant jeune homme de bonne famille, diplomate en poste à Washington depuis un mois. Geneviève participe à des œuvres caritatives américaines envers les immigrants, les enfants notamment.

Elle profite de cette visite officielle dans cet orphelinat du Bronx pour retrouver son amie de jeunesse.

Geneviève voulait faire une démarche simple, sans inauguration ni presse, juste un point d'étape pour le financement des travaux du nouveau réfectoire des garçons.

La mère supérieure a fait le tour des installations avec Geneviève, la remerciant de son aide, avant de lui laisser un peu d'intimité avec son amie religieuse.

Les deux amies n'ont jamais cessé de correspondre, conservant le lien fort entre elles.

Les deux femmes discutent assises sur une petite terrasse qui domine la cour de récréation. Une table de métal et quelques chaises permettent aux religieuses de se reposer tout en ayant un œil sur les enfants.

Les cours sont dispensés en anglais à une cinquantaine de garçons issus de 11 nationalités différentes. Fanny parle le français, l'anglais bien sûr, mais également l'italien et dispose de quelques notions d'allemand.

Geneviève ouvre un sac de cuir tandis que Fanny lui sert une tasse thé.

— Tiens, je t'ai apporté ce que tu m'as demandé. Tu t'intéresses désormais à la presse ? demande Geneviève en lui donnant une liasse de journaux attachés par une ficelle.

— Non, ce n'est pas pour moi. Je t'ai demandé de me rapporter des journaux de France, des illustrés surtout, pour un jeune garçon à qui j'enseigne quelques rudiments de français, explique la religieuse.

— Vous avez ouvert une classe ? s'interroge Geneviève.

— Non, pas du tout. C'est le jeune garçon dont je t'ai déjà parlé, le petit John. Je lui parle français depuis qu'il est arrivé chez nous, en 1929, je crois. Je ne sais pas pourquoi, j'ai toujours ressenti l'envie de lui parler dans notre langue, explique Fanny.

— Est-il français ?

— Pourtant non. Il a été trouvé par la police errant le long du fleuve. Il n'avait que 4 ans et comprenait l'américain. Mais à son arrivée ici, je parlais avec Sœur Marie, tu te souviens d'elle, je pense, et j'ai senti que le petit comprenait ce que nous nous disions.

— Qu'en était-il vraiment ? demande Geneviève.

— C'est difficile à dire. D'ailleurs, c'est là toute la difficulté avec cet enfant, il paraît être différent des autres, commence Fanny.

— Tous les enfants sont différents, chacun possède son petit caractère, dit Geneviève, consciente de la banalité de ses propos.

— Ce n'est pas pareil avec lui. Je lui apprends le français, mais il le comprend d'instinct. Je n'ai pas besoin de lui faire répéter son vocabulaire, il le retient dès la première fois qu'il l'entend. Est-il doué ? Je ne sais pas. Il est très secret, extrêmement mature pour son âge, dit Fanny.

— Quel âge a-t-il ?

— Quatorze ans, je pense, son âge n'a rien d'exact. Tu vas le voir, le voici qui arrive. Il suit l'apprentissage de la maçonnerie en ville.

— La politique des grands travaux de ce cher Roosevelt ! s'exclame Geneviève.

Sœur Fanny fait signe à un jeune garçon brun de monter la rejoindre à la terrasse. Quand il arrive, il salue en anglais Geneviève, retirant sa casquette.

— John, je te présente mon amie Geneviève, qui arrive de France, dit la religieuse en français.

— Bonsoir, Madame, dit l'orphelin en souriant.

— Bonsoir, John. Dites-moi, votre accent est parfait ! remarque Geneviève.

— Sœur Fanny est un très bon professeur, Madame, dit le jeune garçon en souriant.

— John, mon amie Geneviève t'a rapporté des journaux de France, comme tu veux en voir depuis longtemps. Il y a des photos de Paris, dit la religieuse en lui confiant la pile.

— Je vous en suis très reconnaissant, Madame ! Un grand merci à vous aussi, ma Sœur, dit respectueusement le garçon.

— Tu peux aller les lire dans la cour, mon petit John, dit Fanny.

Quand les deux femmes se retrouvent seules, Fanny reprend sur un ton plus sérieux :

— Tu vois, jamais je ne lui ai appris cette tournure de phrase, « je vous en suis très reconnaissant ». Comment peut-il la connaître ? Est-ce le souvenir de son enfance ? Pourtant, il n'y a jamais eu d'indications qui mentionnent la possibilité qu'il soit français, explique Fanny.

— Tu me sembles inquiète, mon amie, remarque Geneviève.

— Non, ce n'est pas de l'inquiétude, dit la religieuse.

— On jurerait que cet enfant te fait peur, presque, propose Geneviève.

— Non, bien au contraire. C'est la bonté incarnée, et pourtant, crois-moi, il sait se faire respecter. Il a corrigé plusieurs fois des mauvais garçons qui en voulaient aux nôtres, filles ou garçons. Au contraire, John me semble être un miracle. Il sait toujours choisir la meilleure voie pour lui ou les autres. C'en est déroutant, c'est cela que tu perçois. Ce garçon semble inspiré par l'étincelle divine, et pourtant, il n'a aucun sentiment religieux, raconte Fanny.

— Ne suit-il pas la catéchèse ? demande Geneviève.

— Si, bien entendu, mais il n'en a que faire, c'est évident. Il est trop poli pour le montrer, mais la religion l'ennuie. Et pourtant, je crois que cet enfant est marqué du doigt du Seigneur. Oui, c'en est perturbant, Geneviève. C'est comme si, en lui, il y avait une profondeur divine qui l'éclairait, sans qu'il n'en soit conscient lui-même, confie Fanny.

— Tu es très attachée à lui, constate Geneviève.

— Geneviève, à toi, je puis le dire. Aurais-je été mère, j'aurais aimé que cet enfant fût mien. Car alors j'aurais sans doute pu savoir ce qui le tourmente au fond de lui, mais qu'il tait. Cet enfant porte un lourd secret, un fardeau qu'il ne me révèlera jamais, je le sais. J'ai déjà tenté à maintes reprises dans ses jeunes années de sonder sa peine. Jamais il n'a laissé entrevoir quoi que ce soit, il contrôlait toujours ses sentiments, avec une maturité qui me désarmait et, je l'avoue, secouait ma Foi aussi.

— Je ne t'ai jamais entendue parler de la sorte, Fanny, ni évoquer le fait d'enfanter toi-même. Es-tu sûre que tout aille bien ? s'inquiète Geneviève.

— Oui, rassure-toi, Dieu m'a aidée à surmonter mes doutes. Ce garçon aura une destinée insoupçonnée, crois-moi, dit Sœur Fanny en observant John assis dans la cour.

Le garçon s'affaire à déplier les journaux français, passant rapidement sur les photos, scrutant avec application les articles.

9

Septembre 2018, Paris

Sabine corrige ses premières copies de l'année scolaire. La rentrée a eu lieu, le projet de classe sera bientôt lancé. Le choix proposé par Vera a été validé par Sabine, d'autant que la famille Garrett a été retrouvée dans le New Jersey, des descendants du frère du parachutiste. Sabine est satisfaite de mener le projet avec sa classe de terminale. Sa collègue Audrey, enseignante d'anglais, a été ravie de s'y associer pour gérer la correspondance avec la classe de New York. Sabine envisage un voyage aux États-Unis avec les élèves, ou pourquoi pas un échange, avec une visite au cimetière de Colleville. Il lui faut encore structurer le document pour le présenter en conseil d'établissement, puis courir les subventions.

Il reste tant à faire qu'elle n'a pas encore eu le loisir d'ouvrir la revue spécialisée à laquelle elle est abonnée.

Elle fait une pause de son ordinateur et va à la cuisine se préparer une tasse à sa cafetière de célibataire. Elle en profite pour sortir le périodique de son emballage plastique et le feuilleter rapidement, le temps que sa tasse se remplisse. Sabine n'utilise que des dosettes « café long », celles prévues pour le matin, en fait. Cette fois, elle ne fait pas tomber sa tasse au sol, elle se contente de tirer un tabouret de cuisine et de s'y laisser glisser.

Sabine commence la lecture de l'article en buvant une gorgée de café sans même regarder la boisson. Le titre s'étale en première page :

« Archives de la Stasi : les Amants maudits de Berlin. » À l'occasion de l'année 2019 qui arrive, des trente ans de la chute du Mur de Berlin, le magazine d'histoire revient sur les destins brisés de cette période.

Ce n'est pas le titre qui a figé Sabine, c'est la photo qui illustre l'article. C'est une très mauvaise photo, floue.

Ce sont une femme et un homme qui s'embrassent dans une rue de Berlin-Est. La photo est prise au téléobjectif, de nuit, à la lueur d'un réverbère, d'où la piètre qualité.

La femme semble brune ; elle est de dos et porte un uniforme russe. L'homme est en civil, vêtu d'un blouson de couleur sombre. Son visage tourné de côté est l'élément le plus net de la photo.

C'est un visage juvénile, aux yeux fermés.

Selon l'article, ce sont eux, les amants maudits de Berlin-Est, les protagonistes d'une légende urbaine née en 1989. Sabine ignore tout de cette légende, seulement connue en Allemagne.

Mais ce que Sabine sait, et que n'écrit pas l'article, c'est que l'homme qu'elle voit en photo n'est autre que John Woods, alias Günther Wolf, ou bien Franck Smith, présumé mort en 1969.

Sabine prend une seconde tasse de café et relit l'article avec attention.

10 novembre 1989. Die Wende : le Tournant, disent les Allemands.

L'année 2019 marquera le trentième anniversaire de la chute du Mur de Berlin, annonçant la réunification des deux Allemagne.

Notre rédaction a choisi de vous faire revivre l'ouverture du Mur à travers analyses et reportages. Outre les faits majeurs, nous allons également mettre notre projecteur sur celles qui ont été appelées les « petites histoires », comiques, tendres ou souvent tragiques. Nous évoquerons les dernières tentatives pour franchir le Mur, la dispersion des lapins du no man's land ou l'ouverture de ce cimetière figé des décennies au milieu de la frontière entre les deux partitions de la ville de Berlin.

Notre premier sujet s'intéresse à ce qui est devenu une légende urbaine, sortie en droite ligne des années terribles de la Stasi, la police politique de l'ex-RDA.

Cette légende urbaine, que personne n'a réussi à expliquer réellement, repose sur une unique photo, tirée d'images de vidéosurveillance, perdues depuis l'effondrement du système répressif est-allemand.

Sur cette photographie en noir et blanc de mauvaise qualité apparaissent une femme et un homme, enlacés, s'embrassant sous la pâle lueur d'un réverbère d'une rue de Berlin-Est. Même la localisation exacte reste une énigme. Le seul indice est une date, 10 novembre 1989, inscrite sur le cliché.

Le visage d'un homme jeune est visible, la femme tourne le dos à l'objectif. Aux cheveux noirs, elle porte un uniforme russe, facilement reconnaissable, mais sans grade. L'homme est vêtu d'un jeans, d'un blouson de cuir noir et est clairement un ressortissant du bloc occidental.

La photographie est parvenue clandestinement à un journaliste de Berlin-Ouest qui y a vu d'emblée le symbole de la perestroïka : une militaire russe et un jeune homme de l'Ouest s'aiment fougueusement dans la nuit de Berlin-Est tout juste ouverte. Le journaliste chercha donc à en savoir plus et enquêta pour identifier ceux que la légende nomme les «Amants maudits d'Ost-Berlin».

C'est à ce moment-là que prirent corps les rumeurs les plus folles. Aucun officiel russe ou de l'ex-RDA ne confirma jamais la présence d'une militaire soviétique seule dans les rues de Berlin, ni aucune désertion ou disparition postérieure ou antérieure aux faits.

L'homme ne fut jamais identifié non plus ni réclamé par une quelconque famille.

Le journaliste poursuivit ses investigations malgré toutes les dénégations officielles, suspectes à force d'être trop promptes et définitives.

Durant des mois, rien ne permit d'avancer l'affaire, et hormis la photo clandestine, aucun indice du couple ne fut retrouvé. C'était le temps des liesses et des retrouvailles pour des millions d'Allemands.

Puis, un jour, une indiscrétion d'un ancien membre de la Stasi fit surface : le 10 novembre 1989, dans un quartier résidentiel de Berlin-Est, avait eu lieu une opération secrète, dite de nettoyage. Une traîtresse, officière de renseignement russe, avait été abattue avec son contact occidental, son amant, dans un appartement servant de cache au GRU, le service de renseignement de l'ex-URSS.

Le journaliste fit le rapprochement avec les inconnus de la photographie et demanda à entendre l'auteur du témoignage, poursuivi par la justice fédérale pour avoir ouvert le feu sur des civils cherchant à franchir le mur.

L'ancien garde-frontière mourut d'un arrêt cardiaque deux jours avant son audition par le journaliste. Là encore, cette piste coupée courte alimenta la rumeur, le mystère.

La dernière découverte du journaliste ne fit que confirmer la possibilité d'un complot, d'un ultime épisode de ce qui s'appelait la guerre froide.

Dans les tables d'une ancienne morgue gérée par l'autorité militaire est-allemande, les corps d'une femme et d'un homme, sans identité, étaient enregistrés au 11 novembre 1989 à 2 h 43 du matin.

À la rubrique « cause du décès », la mention écrite était la suivante : « civils suicidés par balle », sans autre précision.

Pourquoi emmener ces corps dans une morgue militaire gérée par la Stasi s'ils étaient civils ?

Et s'ils étaient militaires, comment expliquer que leurs identités soient ignorées ?

Le journaliste tenait le lien avec les inconnus de la photo. D'après les registres, les corps ne ressortirent jamais de la morgue, pourtant vide à son démantèlement.

Le seul témoignage qu'obtint le journaliste reste sujet à caution : alcoolique, un ancien prétendu employé de la caserne voisine déclara que trois jours après leur arrivée, les corps de l'homme et la Russe auraient été volés de leurs tiroirs pourtant fermés à clef. Il jura qu'aucun soldat ne put expliquer cette disparition à la hiérarchie.

En revanche, tous, tous ceux de garde cette nuit-là furent transférés le matin même dans d'autres unités.

Personne ne sut identifier les amants de la photographie. Pour les Berlinois, ils incarnent la volonté réprimée de la réunification, et resteront les victimes des idéologies contraires qui séparèrent, durant des décennies, des femmes et des hommes de l'amour de leurs proches.

Depuis, la légende des Amants Maudits se raconte certains soirs de vent où l'on croit entendre gémir une femme. D'autres affirment avoir croisé l'homme au blouson noir, errant à la recherche de sa bien-aimée les nuits de brouillard…

Dans notre numéro suivant, notre envoyé en Allemagne nous révèlera l'histoire incroyable de ces milliers de lapins libérés dans les rues de Berlin, depuis le no man's land.

Sabine pose sa tasse sur la table de cuisine et se lève pour gagner sa terrasse. Elle scrute l'horizon, les arbres du parc qui prennent des teintes rousses d'automne. Que faire ?

Que faire ? Sabine rentre dans son appartement après avoir soufflé plusieurs fois en se forçant à rester calme. C'est samedi matin, en principe, elle est censée partir faire les courses pour la semaine après une séance matinale de travail ou de correction. Sabine mène désormais une existence d'étude, cadrée, très raisonnable. Elle a banni la passion hormis l'exaltation intellectuelle de son travail. Et là, c'est comme si elle se trouvait au bord d'un précipice, ou devant une mare bouillonnante dont les remous l'attireraient irrésistiblement.

Sabine s'ancre dans la méthode, rejetant à plus tard le moment de tirer des conclusions.

Elle retourne à la cuisine se préparer une troisième tasse de café et la rapporte avec le magazine dans son bureau. D'abord, elle range consciencieusement le dossier Garrett et les annexes des documents pédagogiques du futur voyage. Elle fait place nette sur le plateau de son bureau et prend une pochette de carton neuve dans un tiroir du dessous. Sur la première page, elle veut donner un titre, pour structurer, mais hésite une minute, le marqueur en main, à l'arrêt.

Finalement, elle se décide à suivre ses sentiments et écrit un simple prénom : *John.*

Pour elle, le premier prénom rencontré de cette histoire lui semble le mieux approprié.

Elle ouvre la pochette et place ses notes avec la photo du parachutiste américain, tout le matériel sur Günther, la copie de l'article de Chicago de 1969, et enfin les pages découpées du magazine d'Histoire.

Elle étale toutes les photos et les compare entre elles, en faisant abstraction de ce que lui a expliqué Nadège sur les biais de l'esprit humain. Que lui dit son cerveau ? C'est le même acteur, des gars qui se ressemblent, des sosies, des agents secrets maquillés pour une obscure raison d'un État paranoïaque... bref, des explications alambiquées, complotistes même, pourquoi pas ?

Que lui dit son intuition, son ressenti ?

Son sentiment, sans tenir compte de la rationalité, est que c'est le même homme qui est mort... plusieurs fois. Voilà l'idée folle qui l'agite depuis ce matin à la découverte de l'article du magazine. Ce John est celui qui apparaît à chacune des époques illustrées par les photographies : c'est John le parachutiste, c'était lui en 1918 sous le nom de Günther, lui encore qui est mort en 1969 à Chicago.

Sabine est convaincue que l'inconnu de Berlin-Est, l'homme qui embrassait cette femme russe, c'était lui, toujours lui, comme si elle pouvait les sentir tous, sans réussir à les différencier.

Voilà, Sabine en est convaincue, comme elle a la certitude d'être folle à lier.

Sa première impulsion est de téléphoner à Nadège pour tout lui raconter, l'article et ce qu'elle en pense. Sabine repose son téléphone.

D'abord, Nadège a déprogrammé son logiciel, il n'aura donc pas eu le temps de trouver la nouvelle publication sur

Internet. Ensuite, Sabine redoute que son amie la croie effectivement folle, bouleversée par les deux abandons de sa vie. Il n'en est rien. Pour la première fois de sa vie, justement, Sabine a le sentiment d'être toute proche d'une terrible vérité, et d'en être la seule détentrice ou presque.

Car si elle accepte de croire à l'existence du même soldat à travers les âges, sans aucune preuve ni explication, la conséquence est presque inquiétante : quelqu'un d'autre connaît ce secret et a déployé des trésors d'ingéniosité pour en cacher l'existence à travers le temps. Vera l'a confirmé, les archives sur John Woods ont été amputées, ce qui revient à dire détruites ou volées.

En revanche, le dossier Garrett progresse à vitesse exponentielle. Vera recueille du matériel en pagaille, très facilement.

La famille des descendants est ravie de collaborer. Une mystérieuse connaissance aurait fait parvenir des photos, inconnues jusqu'alors, du sous-officier, prises lors de sa formation aux États-Unis, puis à ses entraînements précédant le jour J, au Royaume-Uni. Sabine a eu la surprise de constater que le sergent Garrett portait les mêmes insignes que John Woods. D'après ses recherches internet, ce serait signe que les deux hommes étaient non seulement du même régiment, mais peut-être de la même escouade.

Plusieurs photos de groupes recueillies par Vera montrent le sergent Garrett avec un autre parachutiste connu, Anderson, l'auteur des mémoires des années 1960.

Sabine ne peut s'empêcher de trouver étrange que sur l'ensemble de ces photographies, le soldat John Woods, pourtant si cher à Anderson et aux autres survivants de la section selon ses mémoires, n'apparaisse jamais. C'est comme s'il avait été « sorti » de cette si touchante histoire.

Oui, Vera recueille du matériel en pagaille, très facilement, Sabine le reconnaît, mais trop facilement, peut-être.

Sabine referme le dossier John et le place aligné le long du sous-main de cuir. Elle le recouvre du dossier Garrett et de celui du voyage pédagogique.

Elle attrape son téléphone portable d'une main ferme et compose le numéro de Nadège.

10

Novembre 1989, Berlin-Est

Paris, septembre 1989. Marina se promène sur les quais de la Seine, en pantalon de toile, baskets et marinière à manches longues. Elle porte un sac à dos en toile, un sac US violet, célèbre dans les années 80 dans tous les collèges de France. Il est un peu passé de mode déjà pour l'année 1989, mais cet exemplaire est usé, et la jeune femme qui le porte paraît plutôt étudiante que lycéenne.

Son âge semble être de 23 à 25 ans. La jeune femme traverse le pont d'Arcole, le sourire aux lèvres. Elle croise deux policiers en uniforme, dont le plus jeune lance une œillade appuyée en direction de la demoiselle. Elle répond par un « bonjour » en français et sans accent, avant de poursuivre son chemin en riant ouvertement.

Elle parle un français parfait alors que dans son sac se trouve un passeport italien au nom de Marina Salvatore. L'italien ne lui pose aucun problème non plus, ainsi que l'anglais, l'allemand et bien sûr le russe.

Car Marina Salvatore n'existe pas plus que les six autres personnalités inscrites sur les divers passeports que possède la jeune femme.

Sa vraie nationalité est soviétique, elle se prénomme Tatiana. Le seul nom de famille qu'elle ait jamais reçu est traduisible par le mot *neige*.

La petite Tatiana a été découverte par une patrouille de soldats dans une forêt russe au cours de l'hiver 1969, marchant seule dans la neige. Âgée de quatre ans environ, la petite fille déambulait couverte et chaussée à travers les bois. L'officier menant la patrouille remonta les traces de l'enfant sur la neige jusqu'au bord d'une rivière gelée. Les pas s'arrêtaient sur la glace, déserte. L'enfant fut conduite à la base militaire classée secret défense par le Kremlin. L'officier fit son rapport, qui fut transmis de supérieur en supérieur jusqu'à Moscou. Le KGB enquêta, mais ne trouva aucune trace des parents. La petite fille comprenait le russe et réclamait sa mère.

Elle devint rapidement la mascotte de la caserne, protégée et choyée par les *Spetsnaz*, les soldats d'élite. Après deux mois passés dans cette caserne, la petite fille partit pour une destination inconnue à bord d'une voiture du KGB. Un agent féminin la tenait dans ses bras à l'arrière du véhicule tandis que la petite Tatiana Neige agitait sa main en direction des nombreux soldats qui la saluaient. Elle quittait cette base secrète avec son prénom, cadeau du commandant de ce centre de formation ultra sélectif.

Quatorze années plus tard, Tatiana revint dans le centre de formation pour y acquérir les gestes de combat nécessaires à son futur poste dans le GRU, le service de renseignement de l'armée. Enfant douée pour l'apprentissage des langues, loyale et sans attache familiale, c'est tout naturellement que l'État la destine au service extérieur. La protégée du KGB sera un agent d'une redoutable efficacité, alliant intelligence et puissance de frappe.

À 19 ans, elle mena sa première mission en RDA.

À 19 ans, elle tua pour la première fois pour la patrie.

À 20 ans, elle était volontaire pour partir en mission à Paris. Elle n'a obtenu cette affectation que cette année.

Tatiana marche dans les rues de la capitale française comme si la ville n'avait pas de secret pour elle. C'est ce qui faisait la fierté de ses formateurs, sa capacité à s'approprier une identité de couverture comme si c'était sa propre vie. Mais pour Tatiana, c'est plus facile qu'il n'y paraît de changer de vie : elle n'en a pas, de vie à elle, tout simplement. Comment une orpheline recueillie par l'État soviétique pourrait-elle avoir son existence propre ?

Le mot « famille » n'existe pas pour ce pur produit du système, élevé d'internats d'État en casernes et autres instituts de formation militaires.

Alors voilà, ça y est, Tatiana est à Paris. Elle est brune, les cheveux coupés au carré court, cette fois-ci. Tour à tour blonde, frisée rousse, Tatiana ne porte pas souvent sa couleur d'origine, blond foncé, selon l'avis des coiffeurs.

Ses yeux sont bleus, d'un éclat peu commun, qu'il lui faut parfois cacher sous des lentilles de contact.

Ce soir, elle quitte Paris pour Bonn, abandonnant à la gare de l'Est le passeport de Marina pour un autre prénom. Avant de rejoindre son collègue au départ, la jeune femme a quartier libre, avec consigne de se fondre dans la foule. Cela lui convient très bien, mais sous des airs de fausse insouciance, la jeune femme s'assure de ne pas être suivie depuis son départ de la place de la République.

Elle entre, sûre d'être « invisible », dans la cathédrale Notre-Dame de Paris.

Malgré ce jour de semaine, les touristes sont nombreux. Toutefois, Tatiana parvient à glisser sans être remarquée un petit cylindre métallique dans une grille en fer forgé à l'arrière du Cœur. C'est un espace très ténu, accessible seulement si son existence est connue. Le petit cylindre s'adapte facilement dans le petit logement métallique, se mettant en place avec deux doigts, comme si la main s'agrippait naturellement à la grille. Le retirer est moins discret, mais rien ne permet de le remarquer une fois qu'il est en place, même du côté du chœur.

Le petit cylindre lui avait livré une identité danoise, avec une adresse et un numéro de téléphone, mais trop risqués à utiliser. Ses faits et gestes sont surveillés, bien entendu, et ses moments de loisir en opération sont minimes. Bien sûr, il est impossible une fois de l'autre côté du rideau de fer d'envisager, ne serait-ce qu'un instant, d'écrire à l'étranger.

Autant se tirer soi-même une balle de makarov dans le crâne.

Mais le monde change, le Premier secrétaire semble le croire lui-même.

Alors, dans le petit cylindre, Tatiana a écrit simplement quelques lignes en français, qui, elle l'espère, seront lues à temps :

M, je serai à Berlin-Est 15 jours à partir du 7 novembre. Passage par Oberbaumbrücke uniquement.
V.

***

Paris, jeudi 9 novembre 1989

Un homme jeune sort de la cathédrale Notre-Dame de Paris. Il est vêtu d'un jeans anthracite, d'un blouson de cuir noir et porte un sac à dos.

L'homme emprunte le square Jean XXIII le long de l'édifice religieux, le traverse et rejoint l'île Saint-Louis par l'unique pont la reliant à l'île de la Cité. Le jeune homme marche vite. Il s'arrête au bord du mur dominant la Seine, calant son dos contre la pierre, et attend plusieurs minutes en observant les rares promeneurs de l'après-midi. Puis il reprend sa marche rapide et enfourche une moto garée le long du trottoir.

Il sort un casque de son sac à dos et démarre une fois équipé. Le motard gagne les quais de la rive droite et s'éloigne rapidement dans les premiers embouteillages des sorties de bureaux. Engagée sur le périphérique parisien, la moto remonte vers le nord.

Assuré de ne pas être suivi, l'homme parvient à la gare de l'Est. Il abandonne sans l'attacher sa moto au milieu d'autres sur un trottoir, laissant son casque emboîté sur la poignée.

C'est une moto anglaise, un modèle ancien déjà, solide et efficace.

L'homme la laisse là sans s'émouvoir, elle lui a été très utile depuis une année, mais là où il va, ce ne serait pas raisonnable de la conduire.

L'homme possède un passeport danois au prénom de Markus.

Londres, Paris, Lisbonne, Rome, Madrid, le Luxembourg, Genève, Markus a sillonné toute l'Europe, visitant les édifices religieux. Il a laissé des messages dans la plupart, sur un petit morceau de papier enchâssé dans un petit tube métallique. C'étaient toujours les mêmes lignes en français où il a rédigé son identité et une adresse au Danemark.

C'est d'ailleurs à cette adresse qu'il téléphone depuis une cabine de la gare de l'Est. Dans le combiné, la sonnerie retentit, puis une voix d'homme répond dans un danois avec un fort accent américain.

— Allô ?
— Bonjour, Fiston, comment vas-tu ?
— Salut Papa !

La conversation passe à l'anglais dès que les interlocuteurs se sont reconnus.

— Je n'ai pas beaucoup de temps, mon train part bientôt et il me faut acheter mon billet.
— Où vas-tu ?
— Je l'ai trouvée ! Elle serait à Berlin-Est depuis hier, j'ai trouvé son message en rentrant par Paris.
— Berlin-Est, voilà donc pourquoi nous ne retrouvions pas sa trace. Je te rejoins ?

— Non, trop dangereux, elle ne connaît pas ton existence, et si elle n'a pas écrit à Copenhague, c'est qu'elle n'est pas libre. Je dois la retrouver au plus vite.

— Ça bouge de plus en plus en RDA, d'après notre ambassade. Sois prudent.

— Prends soin de toi aussi, Fiston. Je te recontacterai d'Allemagne.

L'homme raccroche et constate que la carte téléphonique prépayée est pratiquement vide.

Il passe au guichet de la SNCF acheter un aller simple pour l'Allemagne. Il paie en devises françaises et change le reste d'une grosse liasse en deutschmarks à un bureau entre les gares du Nord et de l'Est. Après quelques achats de première nécessité et du linge propre, Markus monte dans un train du soir.

Assis la tête en arrière, il revoit dans son esprit les douze derniers mois à sillonner les routes d'Europe. Il était déjà passé par Paris voilà huit mois, laissant son message. Le tube était toujours en place quand, deux mois plus tard, il faisait à nouveau une halte par la cathédrale avant de rentrer pour l'été au Danemark, et accueillir le Fiston en poste au Consulat américain, sa nouvelle affectation du département d'État.

Markus avait d'abord conduit sa moto à Zurich, retirant des fonds dans le coffre à numéro. Là aussi, il avait laissé un message écrit, il comprend désormais qu'il y avait peu de chances qu'Elle y accède.

Markus sourit comme il ne l'a pas fait depuis si longtemps ; il espère la rejoindre bientôt. Il se souvient du poste-frontière *Oberbaumbrücke,* le pont sur la Spree.

Sera-t-elle une des gardes ?

Qu'importe… Ils se reconnaîtront.

Markus a eu le même sourire aux lèvres quand il est revenu au Danemark, après le voyage en Suisse. Sur sa moto, il a rejoint les plaines herbeuses de la lande, avant de s'arrêter sur une côte plus déchirée. Markus est resté plusieurs jours à dormir sur les rives d'une petite crique peu fréquentée, dans une alcôve naturelle de rochers. Autour d'un feu le soir, il portait à son nez une petite fleur bleue découverte sur la lande, au cours de ses marches solitaires.

Il a quitté cet endroit en souriant, la main posée sur un rocher gravé d'une sorte de flèche rudimentaire, avant de reprendre sa moto.

Le Fiston a pris son poste à Copenhague au début de l'été. C'est à ce moment-là qu'il a obtenu discrètement ce passeport danois, au nom de Markus Mannelig.

— Va pour Markus ! a dit le motard en souriant au nom de famille.

Après deux semaines passées avec le Fiston, le désormais Markus a repris la route, pour les royaumes du Nord en premier lieu. Markus a profité de l'été pour visiter un certain nombre de lieux historiques, cachant patiemment ses petits tubes métalliques recelant ses messages en français.

Puis, avec la patience du chasseur, il est redescendu vers le sud, poursuivi par l'automne. Et enfin, il y a eu Paris, une seconde fois.

Markus relit encore le petit rouleau de papier, l'écriture qu'il reconnaît entre mille.

Quand son train passe la frontière de la RDA, la nouvelle de l'ouverture des points de passage a déjà fait le tour du monde.

Markus est devant la *Bahnhof Zoo* le matin du 10 novembre, dans une ambiance incroyable. De nombreux Allemands de l'Est marchent dans Berlin-Ouest, serrant les mains des habitants, souriant. Certains sont comme assommés par la nouvelle :

les postes-frontières sont ouverts, déjà certains Berlinois attaquent le Mur à coups de pioche.

Markus peine à reconnaître la vieille capitale scindée en deux. L'atmosphère oppressante paraît comme envolée.

Son sac à la main, Markus se dirige vers le point de passage appelé *Oberbaumbrücke*.

C'est un vieux pont de briques sur la rivière Spree qui fait office de frontière avec l'ancien secteur soviétique, Berlin-Est.

Markus passe sans question les contrôles devant des soldats qui sourient assez facilement, son passeport pas même regardé.

Et soudain, elle est là, à quelques mètres devant lui, sortant d'un bureau militaire du secteur est-allemand. Elle est habillée en uniforme russe, un ceinturon portant un pistolet. Elle s'approche et s'adresse à lui en allemand :

— Sie, Kommen Sie mit mir bitte schön[5].
— Ich komme[6], répond Markus en souriant.

Personne de la foule qui entre ou sort de Berlin-Est ne semble remarquer cette officière russe qui accompagne un civil dans un baraquement en retrait du point de passage. La démarche semble courtoise, cordiale.

La femme referme la porte non sans observer les alentours, faisant un geste de la main à deux sentinelles fumant des cigarettes.

Une fois la porte close, le civil et la militaire tombent dans les bras l'un de l'autre, s'embrassant à pleine bouche. La femme pleure et serre fortement l'homme qui murmure : « Virginia, Virginia, tu m'as tant manqué… »

---

[5] Vous, venez avec moi, s'il vous plaît.

[6] Je viens.

Il est plus de 19 heures quand Tatiana quitte le casernement où elle cantonne depuis trois jours. Les autres officiers savent pertinemment qu'elle ne fait pas partie de l'armée régulière et la laissent tranquille. KGB ou GRU, qu'importe, personne ne pose de questions, notamment quand elle sort de la caserne sans arme apparente, un simple manteau d'uniforme sans grade passé sur une tenue réglementaire.

L'ambiance est à la détente, la ville est pleine de civils et les militaires se font discrets. Ils sortent en civils quand ils sont autorisés à aller en ville. Mais la majeure partie des soldats russes sont consignés dans leurs casernes, avec interdiction de passer à l'Ouest.

Ce n'est pas valable pour cette officière du renseignement, qui ne rend pas même de comptes à l'officier supérieur de permanence.

Quand elle traverse la rue pour s'engouffrer dans la nuit, un homme l'observe d'un étage. Il décroche son téléphone et donne des ordres en allemand.

La jeune femme fend la foule qui déambule dans la nuit, marchant sûre d'elle sur un trottoir. Elle avance proche d'un homme habillé de noir, frôlant sa main, touchant ses doigts dans une sorte de jeu sensuel, au milieu des promeneurs, l'air de ne pas se connaître.

Un peu plus loin, Tatiana emprunte une rue plus sombre, rejoignant Markus qui l'avait devancée. Apparemment, les deux amants s'étaient donné rendez-vous dans ce quartier de Berlin-Est plus éloigné du Mur, résidentiel.

Il n'y a pas de commerces par ici, les rues sont calmes. Tatiana prend Markus par la taille et marche en souriant, parlant et écoutant, posant des questions, racontant encore, puis demandant des détails. Le couple utilise l'allemand, le français, l'anglais, le suédois aussi. N'y tenant plus, la femme et l'homme s'arrêtent de marcher et s'embrassent longuement.

Du haut d'un immeuble, une silhouette filme avec une caméra sur un trépied, avec un long téléobjectif. Plus tard, l'agent allemand vendra une photographie tirée du film à un journaliste de l'Ouest. C'est ce cliché qui fera naître la légende des Amants d'Ost-Berlin.

Dans l'appartement, un second agent téléphone à son tour, déclenchant une succession d'appels dont le dernier arrivera au Kremlin. Alors, la réponse prendra le chemin inverse, de téléphone en téléphone, du Kremlin jusqu'à la Stasi, en passant par un bureau du GRU.

Le couple avance dans un quartier modeste de Berlin-Est. Un homme qui promène son chien paraît interloqué de voir une femme en uniforme russe tenir quelqu'un par la taille.

Il baisse la tête très vite sur un regard de Tatiana, qui pourtant lui sourit. Mais telle est la force des uniformes russes depuis 1945 dans cette partie de la ville.

Tatiana entraîne Markus vers un groupe d'immeubles d'après-guerre, dans le plus pur style communiste. Elle lui dit tout bas en l'embrassant :

— Je ne pouvais quitter la caserne autrement qu'en uniforme, comme d'habitude. Impossible d'aller à l'hôtel habillée en soldat, ou alors dans les bordels, pas terrible comme retrouvailles.

— J'aurais pu t'apporter des vêtements, répond Markus.

— Je n'y ai pas pensé au poste-frontière, j'étais si heureuse de te revoir, je n'y croyais plus. Ici, c'est une planque du GRU, le concierge me connaît, il ne dira rien, dit Tatiana en poussant une porte vitrée.

Effectivement, un homme lui tend une clef sans un mot après que Tatiana ait sonné à une porte du rez-de-chaussée. L'homme n'a pas même cherché à voir qui accompagnait la jeune femme.

Les deux amants montent l'escalier en silence jusqu'au quatrième étage. Tatiana ouvre une porte anonyme d'un palier désert, silencieux, sans odeur. Elle referme une porte épaisse, et en ouvre une seconde, jointée, isolante. Markus en déduit que ce qui peut se dire dans cet appartement doit être tenu secret.

Tatiana n'allume aucune lampe, guidant Markus par la main jusqu'à une petite chambre. Seule la lumière ténue de la rue colore le plafond d'une pâle lueur. La vue est dégagée, mais Tatiana préfère ne pas se signaler à l'extérieur. Elle serre Markus contre elle après avoir laissé tomber son épais manteau au sol, fait de dalles plastique.

Alors le couple s'aime, délicatement, savourant chaque instant.

Dans la rue, un homme portant un chapeau et un imperméable gris lève la tête et observe le quatrième étage. Aucune lumière, rien ne semble bouger.

Pourtant, ils sont là, il le sait, le gardien a confirmé, après une légère hésitation, d'ailleurs. « Il faudra le changer », dit en russe l'homme, alors que trois autres se présentent dans la nuit. Ils restent à distance, silencieux.

« Tatiana, Tatiana, was machst du hier[7] ? » poursuit l'homme au chapeau en secouant la tête.

Il se retourne vers les trois agents, sur le point d'annuler l'ordre déjà redescendu de haut lieu, puis se ravise et désigne le hall d'entrée de la tête.

— Endlichkeit[8]... prononce énigmatiquement l'homme au chapeau.

---

[7]   Tatiana, Tatiana, que fabriques-tu ici ?
[8]   Finitude.

L'ordre semble clair pour les trois hommes qui marchent rapidement vers l'immeuble, rejoints par trois autres groupes de trois. Un groupe reste au pied de l'escalier tandis que six agents grimpent les étages en silence. Les trois derniers empruntent l'ascenseur et sortent des pistolets prolongés d'un silencieux.

Les neuf tueurs progressent lentement vers la porte de l'appartement du GRU. Ils ne font aucun bruit en ouvrant la première porte avec la clef que le gardien a gentiment confiée, une fois ses doigts brisés.

La seconde porte capitonnée est ouverte avec précaution. Les neuf hommes se répandent dans l'immense appartement, se couvrant mutuellement, toujours dans un profond silence. Ce sont des professionnels, mais ils savent que Tatiana en est une également. Quant à l'homme, ce serait un agent de l'Ouest, donc un « bon » lui aussi.

Tatiana et Markus s'embrassent à pleine bouche quand un léger feulement entendu les met en alerte. Markus passe un sous-vêtement tandis que Tatiana prend un pistolet dans sa veste posée sur le sol. Elle tend un poignard effilé à Markus, qui se positionne à l'angle de la porte de la chambre, dont la poignée s'abaisse lentement.

Le silencieux d'un automatique apparaît, saisi par Markus qui tranche la gorge de son propriétaire et le rejette sur le lit défait. Une longue gerbe de sang tache les draps immaculés et une partie du mur.

Le deuxième assaillant tire sur Markus alors qu'il se jetait sur lui. La balle coupe son élan et le frappe dans le torse, à droite. Le tireur paie de sa vie son geste, Tatiana lui faisant exploser le crâne d'une balle à la détonation assourdissante dans la petite chambre.

Les autres tueurs ripostent dans la direction du tir, mais en professionnels efficaces, ils n'oublient pas la menace que constitue Markus et son couteau de combat. Un des tireurs l'achève d'une balle dans la tête alors que le poignard volait déjà dans les airs à la rencontre du plus proche d'entre eux.

Tatiana hurle. Elle lâche son arme et se précipite sur Markus, le visage en sang, sans vie. Elle pleure en lui caressant la joue, le serrant contre elle. Elle est nue, à genoux sur le sol, la tête de son amant contre son ventre.

Un homme a déjà ramassé son pistolet.

Celui qui est blessé, le poignard fiché dans son bras, lève son arme avec son membre valide et abat Tatiana à bout portant, la balle terminant sa course dans le mur, suivie d'une éclaboussure de sang.

Deux morts et un blessé pour deux morts. C'est le plus mauvais taux de réussite du commando depuis sa création. Car c'est la première fois qu'ils subissent des pertes.

Ils évacuent leurs propres morts et laissent à l'homme au chapeau le soin de faire enlever les deux traîtres. C'est la Stasi qui s'en charge, ce sont officiellement eux qui ont procédé à l'opération. Le commando disparaît dans la nuit.

L'homme quitte l'immeuble peu après, posant son chapeau sur le siège arrière de la voiture où il a pris place. Ses cheveux sont gris, sa peau est terne. Il allume une cigarette.

Il regarde la nuit et aperçoit quelques flocons qui tombent. La neige lui rappelle une petite fille de quatre ans recueillie à la caserne il y a bien longtemps, dans un autre monde, le monde d'avant 1989.

— Endlichkeit, dit l'homme.

Au consulat de Copenhague, un jeune attaché d'ambassade est convoqué dans le bureau de son supérieur. On le charge d'enquêter sur un faux passeport danois sorti de l'ambassade, semble-t-il.

— Les Russes prétendent que son porteur était un de nos agents à Berlin, qui tentait de « retourner » l'une des leurs, en pleine chute du Mur, de surcroît ! explique l'ambassadeur.

— Quel était le nom du porteur ? demande le jeune attaché.

— Un certain Markus quelque chose, grommelle le diplomate.

— Nous n'avons délivré aucun passeport à ce nom, Monsieur.

— C'est pourtant l'un de ceux que nous avions en réserve, le numéro correspond, informe l'ambassadeur.

— Je ne comprends pas comment, commence le jeune attaché, visiblement ému.

— Ne vous bilez pas, jeune homme, c'est encore un coup de ces cowboys de la CIA, une fois de plus ! clame le diplomate.

Enfin seul dans son bureau, le jeune attaché pleure.

« Papa… », murmure-t-il en regardant par la fenêtre deux corbeaux qui s'envolent.

11

Paris, octobre 2018

Sabine rejoint Nadège sur le parvis de l'Hôtel de Ville de Paris, embrassant son amie avec chaleur. Nadège fume une cigarette et prend le bras de son amie, marchant en direction de la Seine.

— Ça te va si on marche sur les quais ? propose-t-elle.

— C'est même parfait ! s'exclame Sabine.

— Tu es bien joyeuse, toi ! Tu me caches quelque chose ? Une rencontre ? Tu t'es enfin inscrite sur *jeveuxduQ.com* ? plaisante Nadège.

— Pas encore, dit Sabine en souriant franchement. Mais je pense que ce que tu vas me raconter suffira à me décider, c'est cela ?

— Non, je n'ai rien trouvé de bien imaginatif sur le site de rencontres. Je peux séduire, me voilà rassurée ; mais de là à commencer une nouvelle histoire ! explique Nadège en regardant la Seine.

— Tu n'as pas donné suite ? demande Sabine.

— Je me suis contentée de lui faire du mal, je suis partie dans la nuit, le laissant à ses questions sans réponse, dit Nadège avec une moue de dégoût pour elle-même.

— Il t'a rappelée ? demande Sabine.

— Aucune idée, j'avais pris un numéro rien que pour le site, je l'ai déjà jeté, lui aussi, dit Nadège en souriant.

— Tu ne trouves pas qu'il paye pour… ? propose Sabine prudemment.

— Oui, je sais, tu as raison. D'autant que j'ai croisé l'autre avec sa femme et ses enfants. Il ne m'a pas même vue, occupé qu'il était à « suivre son programme », comme il disait souvent. Dieu qu'il m'a semblé pathétique ! s'écrit Nadège.

Sabine prend le bras de Nadège et la serre contre son flanc pour la réconforter.

Quand elle avait téléphoné à son amie pour fixer un rendez-vous, avec la volonté de lui raconter l'article sur les Amants de Berlin-Est, et ses conclusions, Nadège était en pleurs dans sa voiture. Elle venait de voir dans la rue son ancien petit ami, celui qui n'avait pas osé quitter sa vie de couple moribonde pour s'engager avec elle.

C'est le lendemain de cet appel, les deux amies marchent en ce dimanche sur les quais de la Seine, animés malgré la saison automnale.

La conversation se poursuit sur les amours contrariées de Nadège, puis vient le tour de Sabine de raconter ce qu'il se passe dans sa vie.

Ses amours étant inexistantes, la jeune femme explique en détail l'avancée de son projet scolaire. Les descendants du sergent Garrett sont associés au voyage qui s'organise, puisque la classe de Vera viendra avec eux en France, pour visiter le cimetière de Colleville.

— Waouh, mais c'est génial ! crie Nadège.

— Oui, ça va être une grosse cérémonie, avec anciens combattants et discours de plein de gens, dit modestement Sabine.

— Tu ne partiras pas aux États-Unis avec tes élèves, alors ? Tu n'as pas trouvé les fonds ? Tu m'avais dit que ce serait difficile, se souvient Nadège.

— Oui, les Américains viennent en visite au lycée trois jours. Puis nous partons deux jours en autocar en Normandie, avec ma classe : cérémonies, teurgoule, camemberts, etc., la Normandie quoi. Puis retour à Paris et… tout le monde s'envole pour New York !! s'exclame Sabine.

— Comment tu as fait ?! Je croyais que toutes les subventions avaient été mangées par le séjour normand, demande Nadège.

— C'est encore notre mystérieux mécène du département d'État qui offre l'hébergement et une partie du prix du vol. Les familles n'ont qu'une participation symbolique, explique Sabine.

— C'est la même personne qui a retrouvé les photos des parachutistes en Angleterre dont tu m'avais parlé ? demande Nadège.

— Oui, d'après Vera, c'est un ancien diplomate en retraite, apparenté de très loin au lieutenant O'Neil, l'officier de Garrett. Les jeunes sont ravis, il est difficile de tenir la classe tant ils sont excités. Mais ils font du bon travail, je crois que je vais les inscrire pour un prix, dit Sabine.

— Du coup, le soldat en photo, l'acteur des années 60, il n'existe pas ? demande Nadège, un peu perdue.

— John Woods ? Si, il a existé, sa tombe est au cimetière américain, mais la photo est sans doute un faux, comme tu le pensais. Nous n'avons rien retrouvé sur lui, au contraire du sergent Garrett, dit Sabine, un peu triste.

— Dommage, c'était un beau mec, je trouve, dit Nadège, un sourire en coin.

— Tu ne t'arrêtes donc jamais, toi ?! rit Sabine.

À la fin de l'après-midi, quand les deux amies ont bu un café chaud dans une ancienne bâtisse sur les quais, Sabine regagne sa banlieue en RER. Assise dans le compartiment, elle rumine tout ce qu'elle n'a pas raconté à son amie, se demandant si cela constitue une trahison à leur amitié ou non.

Oui, le voyage s'organise, oui, tout le monde trouve le projet de Sabine formidable. Elle fait l'unanimité de tous : élèves, parents, professeurs, administration, presse régionale même, qui fera le déplacement lors de la cérémonie. Même la collègue de SES qui l'avait qualifiée de « notre petite dépressive » s'est empressée de venir la féliciter à la fin du conseil d'établissement.

Oui, le projet se présente au mieux, oui, le sergent Garrett aura sa tombe fleurie par ses neveux et nièces, 75 ans après sa mort, oui…

Mais NON, pense Sabine, non, le soldat John Woods ne sera pas même évoqué. C'était pourtant celui-là qu'elle avait choisi en premier, dont le visage l'émouvait tant.

Pourtant, était-ce sa photo ou celle de Franck Smith ?

Au fur et à mesure que le projet avance, John Woods a été écarté délicatement, par petites touches, pour disparaître totalement. C'est à peine si Vera se souvient de lui, mais c'est pourtant bien elle qui avait trouvé sa photo à la bibliothèque.

Sabine a gardé pour elle les coïncidences retrouvées avec Nadège par son logiciel.

Cet après-midi, elle n'a pas révélé à son amie d'enfance que Franck Smith, décédé en 1969, apparaît en photo vingt années plus tard sur un tirage secret de la Stasi.

Sabine a conservé pour elle également le fait que John Woods ne soit plus référencé sur le Net. Le lien avec le livre des mémoires d'Anderson n'existe plus, tout simplement. De même, l'article du journal de Chicago ne s'ouvre plus. Il tourne en boucle, mais ne semble plus valide.

Sans les impressions qu'elle a faites, Sabine serait dans l'incapacité d'étayer ses propos si elle racontait toute l'histoire. Elle a cessé d'ailleurs de faire des requêtes à son moteur de recherche concernant John Woods et ses alias.

Cette affaire ne semble pas terminée, «quelqu'un fait du ménage», Sabine en a l'impression. C'est une idée qui lui fait peur.

Elle comprend que la bienveillance qu'elle reçoit pour son projet serait presque suspecte à la lumière d'un possible complot s'étirant sur des décennies…

«Encore mon côté parano», se dit-elle.

C'est la raison pour laquelle elle a préféré ne rien dire à Nadège, la peur de passer pour une folle, encore une fois dans sa vie.

Mais Sabine voudrait comprendre.

Qui était l'homme en photo ?

Qui était John Woods ?

Était-ce lui à Berlin en 1989 ?

Elle imagine un projet militaire secret, des clones avant l'ère de la génétique, des robots, pourquoi pas ?

Et puis, Sabine ne peut s'empêcher de se poser la question la plus importante pour elle :

Mais merde ! Suis-je folle ou non ?!

12

Environs de Bourges, an 1420

C'est une ville moyennement importante, fortifiée, bâtie pour moitié à flanc de colline, traversée par une petite rivière. C'est une proie difficile, mais de choix, Thomas l'écorcheur le sait.

Les écorcheurs. C'est le terme qui désigne les nombreuses armées de mercenaires payées par le roi Charles VII. Payées ? De fait, non. Le roi et son parti Armagnac n'en ont pas les moyens financiers. Alors, bien que ces hommes de guerre lui soient fidèles, le roi n'a eu d'autre choix que d'accepter de les laisser « vivre sur le pays ». C'est-à-dire trouver leur solde sur la population, en exerçant leur métier, leurs connaissances de la guerre, sur la population civile. Le qualificatif « mercenaire » est mal approprié, lui aussi, ces capitaines et leurs hommes ne se louent pas au plus offrant, ils ont juré allégeance à un parti, Anglais, Bourguignon ou Armagnac, chacun en a un, mais tous se retrouvent dans la même pratique : ils « vivent sur le pays » en dehors des conflits, n'hésitant pas à rançonner les villes et villages au gré de leurs marches.

Pour la population, le parti importe peu, ce sont des pillards à la réputation la plus terrible, elle les a nommés *les écorcheurs*.

En ce matin de printemps, la troupe qui encercle cette petite ville n'affiche pas ouvertement son parti, et tous n'en ont que faire. Ce qui importe, c'est que la ville soit encerclée, comme en état de siège. Le Prévôt des marchands, lui aussi soldat en son temps, a su réagir avec rapidité en fermant les portes des fortifications avant l'entrée des avant-gardes de cette troupe nombreuse.

Habitué à cette parade, le capitaine n'a pas détourné son regard de cette proie qui lui résiste de prime abord. La peur. Voilà sur quoi parie toujours Thomas, le meneur de ces hommes d'armes très efficaces.

La peur et la réputation de sa cruauté lui ont ouvert bien des portes de villes plus importantes que celle-ci. Certaines auraient même pu soutenir le siège, au prix de pertes et sacrifices, il est vrai. Mais Thomas n'a jamais perdu un siège, ses hommes le savent, cette réputation le précède. Tranquillement, ses soldats ont pris place autour de la ville, se tenant à distance respectueuse des murailles, hors de portée d'arbalète.

Mais pas hors de portée des regards, c'est ce sur quoi mise Thomas. Alors, ses hommes montrent leurs armes, leurs machines de siège et quelques têtes coupées aux alentours, fichées sur de grandes piques.

Ce sont les têtes d'une même famille, hommes, femmes et enfants, dont les animaux sont mis en broche sous un grand feu. La cuisson sera longue, les hommes d'armes prennent leur temps, montrant en cela qu'ils ont la patience avec eux. Thomas sait que le Bailli de la ville a besoin de temps pour préparer ses gens à la négociation.

Il appelle son lieutenant, un homme jeune comme lui, qui se gratte le visage près de l'oreille. Il lui demande à déjeuner et le prie de porter ses conditions écrites, avec un drapeau blanc, à la poterne.

L'homme prend le parchemin en rouleau et le met dans sa chemise.

— Allez quérir à manger pour le capitaine !! tonne-t-il en montant à cheval.

Dans la grande salle de garde de la prévôté, plusieurs hommes sont réunis autour du Bailli : le Prévôt des marchands, l'assemblée des principaux artisans et marchands, les curés des deux paroisses de la ville.

C'est une ville sans grande garnison. Le Bailli rend la justice au nom du Roi, le bras armé étant constitué des quelques hommes placés sous l'autorité du Prévôt, tous payés par l'assemblée des marchands. La ville possède des remparts, mais ses hommes armés ne sauraient les défendre seuls, car trop peu nombreux.

Le Bailli ouvre la séance, convoquée à la hâte.

— C'est Thomas l'écorcheur. Voici ses conditions, dit-il d'un air abattu en faisant circuler le parchemin.

— C'est une saignée ! hurle un premier marchand.

— Nous ne pourrons survivre à cela, autant se battre, rétorque un autre.

— Levons un impôt exceptionnel !

— Offrons les reliques ! propose une voix.

La cacophonie qui s'ensuit est terrible, deux hommes s'empoignent. Si Thomas assistait à cela, il ne tarderait pas à dire que la ville lui tomberait bientôt dans la main comme une simple poire bien mûre.

Soudain, la voix du vieil herboriste se fait entendre et tous se taisent. L'homme apaise souvent les conflits par sa sagesse, distillant ses bons conseils comme ses remèdes efficaces.

Il est le premier à faire remarquer la plus cruelle des clauses :

Les écorcheurs réclament 40 femmes pour la troupe, qui accompagneront le bétail et les denrées rançonnées. L'or peut remplacer les denrées au prix, mais en aucun cas les femmes.

— Cette demande est inacceptable. Vous vous remettrez des plaies d'argent, mais livrer les nôtres comme cela, nous ne nous le pardonnerons jamais, dit le vieil homme.

— Donnons-leur les filles de joie, ce sera déjà une bonne douzaine, propose l'un.

— Et tu compléteras avec les tiennes ? répond un autre.

— Mes fils, un peu de charité chrétienne, clame le curé de la ville basse.

Après une heure de discussions, les assiégés n'ont pris aucune décision concernant les femmes. Ils ont rédigé une contre-proposition comme c'en est la coutume, revoyant à la baisse les demandes exorbitantes de l'écorcheur. L'un d'eux doit se charger de la négociation. Le Prévôt se propose, mais l'herboriste se lève et se porte volontaire, devant les yeux ébahis de tous, rassurés d'y échapper pour leur compte.

Il prend à part le soldat et lui glisse à l'oreille :

— Prépare tes hommes, Prévôt. Veille aussi à ce que ceux-là rassemblent la rançon, celle demandée par Thomas. Je vais essayer de le faire fléchir concernant les femmes. Il en exige 40 en sachant pertinemment que lui seront livrées les catins de la ville. Il est bien renseigné, un traître a dû parler.

— Croyez-vous pouvoir les sauver ? demande l'homme en armes.

— À combien estimez-vous ces malheureuses ? Ceux-là seront-ils prêts à payer pour les sauver ? Il faudra que vous soyez persuasif, mon ami, dit le vieil homme en ramassant le rouleau sur la table.

Puis il se dirige vers la porte de la ville, avançant dans une onde de silence.

Il sort par la poterne et marche sur la route qui descend vers les premiers assiégeants. L'homme au visage grêlé de pustules l'accueille d'un rire gras et le mène vers la tente du capitaine.

Thomas observe le vieil homme qui lui est présenté devant sa table. Il poursuit son repas, ne se levant pas, mangeant grossièrement sans faire attention au nouveau venu. Il cherche à l'humilier, lui montrer que c'est lui qui mène la danse. L'herboriste est habillé en sombre, un chapeau en tissu sur la tête. C'est un homme vigoureux malgré son âge, se tenant droit. Il porte une barbe grise, aucun ornement si ce n'est une bague d'acier à l'annulaire droit. De ses habits émanent des parfums subtils d'épices et de vinaigre. Il attend sans montrer de la peur ni de l'impatience, dans une attitude neutre. Il semble proclamer qu'il sait manœuvrer cette négociation.

Thomas comprend cela et engage la conversation sans plus attendre.

— Qui êtes-vous et avez-vous mandat pour disputer de la solde que vous me devez ?

— J'ai en effet la parole de nos représentants pour débattre de la rançon que vous exigez, répond le vieil homme.

— Et qui êtes-vous ? demande l'écorcheur, agacé de devoir répéter une question sans réponse.

— Je suis Jéhan, maître herboriste, dit l'homme en inclinant la tête.

— Acceptez-vous mes conditions ? demande Thomas.

— Elles sont exagérées, alors que notre ville est loyale elle aussi au Roi, comme vous, je le crois, tance l'herboriste.

— Raison de plus pour que votre soutien à notre monarque se démontre en générosités de la part de ses sujets, rit Thomas.

— À vos conditions, nombreux sont les sujets de Sa Majesté qui périraient par la famine. Est-ce là ce que veut le souverain pour son peuple ? demande Jéhan.

— Certes non, mais la guerre est longue et les soldats ont besoin de subsides. Quelles sont vos propositions, marchand ? dit avec mépris l'écorcheur.

— La moitié des vôtres, dit humblement l'herboriste en tendant le parchemin.

Thomas prend et ouvre le rouleau, montrant qu'il sait lire sans l'aide d'autrui. Dans sa tente, outre l'homme au visage grêlé, se trouve une dizaine de soldats, en armes. Thomas jette le parchemin sur la table dans les restes de son repas. Ses hommes rient de l'affront.

— Et les donzelles ? demande effrontément le capitaine.
— Elles sont elles aussi sujettes du Roi et ne peuvent être cédées comme des marchandises… commence l'herboriste.
— Elles seront ce que j'en déciderai !! crie Thomas.

Il se lève, ramasse le parchemin tâché et le déchire devant le vieil homme impassible.

— Tu vas t'en retourner et dire à tes marchands que MA proposition est la seule que notre Roi tolère. Va, vieil homme !
— En ce cas, l'effort consenti par ses fidèles sujets réclame la clémence de notre souverain concernant ces pauvresses, que toi, Capitaine, tu exiges, dit l'herboriste, passant sciemment au tutoiement.

Thomas ne relève pas le manque de déférence que constitue le tutoiement pour faire valoir son simple statut en comparaison à celui du souverain. Il voit également que ses soldats sont malgré tout impressionnés par l'aplomb et le courage de l'herboriste. Thomas sait que les batailles se gagnent aussi par des mots.

Il s'approche d'un garde et prend son épée au fourreau, s'exerçant à faire des moulinets devant le représentant de la ville, toujours immobile.

— Que t'importe le sort de ces donzelles ? À ton âge, elles ne te manqueront point, non ? dit Thomas, tandis que ses soldats rient grassement.

— Elles manqueront à leurs enfants et parents. J'atteindrai bientôt 70 printemps, en effet. J'ai mené une vie simple, sans mort ni passion. Les denrées devront te suffire, je pense, dit l'herboriste.

— En mettrais-tu ta main à couper pour elles ? demande Thomas d'un air agacé, en montrant le tranchant de son épée.

— Sans hésiter, si cela leur évite un sort funeste, répond le vieil homme en relevant sa manche et tendant son bras nu.

Thomas voit l'impression de respect qui se lit sur le visage de ses hommes devant un tel courage. Il sait qu'il lui faut faire un exemple pour conserver la fidélité sans faille de sa troupe. Il recule prestement et frappe rapidement le bras tendu, tranchant net le poignet. Le vieil homme ne pousse pas même un cri, s'empressant de serrer un cordon autour de son moignon sanglant.

Blanc, il se redresse et demande d'une voix sourde, masquant sa douleur :

— Sommes-nous quittes, Capitaine ?
— La farce a assez duré. Tes marchands livreraient leurs mères pour conserver leurs échoppes. Tu vas leur envoyer ma réponse et ils l'accepteront de belle grâce, vieil homme, dit Thomas.

Puis le capitaine s'approche de l'herboriste et il lui plante une dague dans le ventre, le regardant dans les yeux.

— Prie ton dieu, dévot !
— Mon Dieu est celui de la Guerre Juste. Il m'accordera la vengeance, répond en soufflant l'herboriste.

Thomas ressort la dague et la plante dans le cœur de l'homme, éteignant ce regard dans lequel il n'a lu aucune peur, à son grand mécontentement.

Il ordonne alors de démembrer le représentant de la ville et de renvoyer les morceaux avec ses exigences : les premiers tirs de balistes auront lieu si ses conditions ne sont pas livrées avant que le soleil ne soit au zénith.

Le Bailli comprend le message que représente le corps en morceaux de l'herboriste. La négociation a échoué, et le maintien des premières exigences de Thomas, sans surenchère, est l'ultime geste de négociation avant le pillage de la ville.

Pour éviter la mort de tous les habitants, le Bailli estime ne pas avoir d'autre choix que celui-là :

Il fait arrêter le Prévôt des marchands et paye la rançon, moitié en or, moitié en denrées.

Puis derrière les chars tirés par des bœufs marchent 40 femmes, toutes les prostituées complétées par les veuves en retard de l'impôt.

Dans un geste de miséricorde, il a annulé la dette de celles qui voulaient bien partir, assurant que leurs enfants seraient recueillis par des familles de notables.

Un mari a livré sa propre femme en échange des mêmes conditions concernant sa dette.

Durant les jours qui suivent, personne ne lui adresse plus la parole, le traitant comme un spectre. Le Prévôt est libéré quatre jours après le départ des écorcheurs, pour être sûr qu'il ne fasse pas obstacle à la rançon.

Il quitte la ville sans un mot la nuit de sa libération. Au matin, le mari qui avait vendu sa propre épouse est retrouvé mort dans sa maison, égorgé comme un porc, suspendu par les pieds.

Personne ne retrouva les restes du vieil herboriste qui avaient été placés dans son échoppe. Beaucoup suspectèrent l'ancien Prévôt de lui avoir trouvé une sépulture loin de ce lieu marqué à jamais par l'infamie collective.

En effet, la ville se vide de ses habitants bien vite, tombe en ruine et est oubliée de tous.

Même son nom est oublié.

Les curés rendent compte à l'évêque qui proteste auprès de Charles VII.

Thomas l'écorcheur participe avec ses hommes dévoués à plusieurs batailles décisives pour le Roi. Il fait acte de pénitence et est pardonné par son Souverain et le Pape.

Il devient écuyer du roi sous le nom de Sire Thomas.

Vingt années plus tard, un capitaine bedonnant marche dans les couloirs d'une place forte. Il frotte son oreille gauche et sa joue toujours aussi pustuleuse. Il lâche un formidable pet en se dirigeant vers une sentinelle assise sur une chaise devant la porte de Sire Thomas.

— Eh oh, tu n'as donc pas entendu ? Je vais te faire passer l'envie de dormir à ta garde, l'ami, dit le capitaine, passant de l'hilarité à la colère.

Il secoue le garde et le fait tomber au sol, sa gorge est tranchée. Il n'a pas le temps d'appeler des renforts, car une hache s'abat sur son crâne. L'homme est agité de convulsions alors qu'une silhouette vêtue de mailles passées au charbon de bois retire l'arme de l'arrière de sa tête et s'acharne avec sur son visage, découpant son oreille malade.

Puis la silhouette ouvre la porte des appartements de Sire Thomas et se dirige vers sa chambre. L'homme anobli est gras désormais, il est habillé d'une chausse de lin et d'une ample chemise pour la nuit. La vision d'un homme grand et large d'épaules tout de noir vêtu lui coupe la voix.

La silhouette abaisse son capuchon, dévoilant un visage jeune, un cou musculeux.

L'homme sort une épée de son fourreau, large lame à double tranchant, qu'il tient d'une seule main. Sa voix est posée, presque basse même.

— Ne t'acharne pas à crier, tes gardes sont tous morts. Leurs beuveries habituelles n'alarment plus le reste du château, tu peux donc beugler si l'envie te tenaille.

— Qui es-tu ? Que veux-tu ? demande Sire Thomas en se rapprochant de son épée.

— N'y compte pas, dit le spadassin en s'interposant, la pointe de son arme repoussant Sire Thomas vers le fond de la chambre.

— Que veux-tu ? De l'or ? propose Thomas.

— L'or ne peut remplacer une femme. Je viens te demander justice pour quarante d'entre elles que tu as ravies à leurs familles il y a 20 ans, dit l'homme en noir.

— J'ai été pardonné par le Roi et le Pape… commence Thomas.

— Le Dieu de la Guerre Juste ne te pardonne pas, coupe l'homme, l'épée en avant.

— Qui es-tu ? insiste Thomas en plissant les yeux. Non ! Pas Toi !!

L'homme en cotte de mailles noire enfonce son épée dans l'épaisse bedaine de Sire Thomas, qui s'effondre sur les genoux.

Le guerrier retire sa lame d'un geste brusque et tranche la tête de Thomas avant que le corps ne s'affaisse sur le sol de pierre.

L'homme en noir quitte la chambre et parcourt les couloirs en sens inverse, enjambant les cadavres, certains dissimulés sous une tenture.

Une petite domestique reste figée à son passage, le regardant aller avec sa lame ensanglantée à la main.

Elle ne racontera qu'avoir vu un géant sombre au regard bleu disparaître dans la nuit.

L'alerte donnée, la chasse fut lancée sur les routes alentour, sans aucun succès.

Une escouade de douze hommes ne revint pas.

Ils furent retrouvés trois jours plus tard dans la forêt, tous démembrés, leurs têtes fichées sur des piques de bois, une flèche tracée sur chaque visage à la pointe d'un couteau.

13

Octobre 2018, Vincennes

Il est près de neuf heures en ce vendredi matin.

Un lieu de culte est sécurisé par une patrouille Vigipirate. Quatre soldats et un sous-officier constituent le détachement. La configuration est simple : la rue est fermée de chaque côté par des barrières, le véhicule militaire est garé devant l'entrée du lieu de prière. Deux soldats en armes sont postés au niveau de chacune des extrémités de cette petite rue interdite à la circulation. Le cinquième soldat, le sous-officier, est dans le véhicule, occupé par un échange radio avec son poste de commandement. Il aperçoit un camion blanc de livraison qui passe pour la seconde fois devant l'entrée de la rue, le chauffeur regardant les deux sentinelles avec un temps d'arrêt.

Le sous-officier quitte le véhicule qu'il verrouille, échange un signe de tête avec les deux gardes postés sur l'arrière de la rue, puis marche vers les deux autres militaires.

Au même moment, le camion se gare en double file, le chauffeur en descendant, un registre à la main.

La sentinelle hésite devant un geste du livreur, qui commence à s'éloigner du véhicule, sans le fermer à clef.

Le sous-officier dépasse ses soldats et appelle le chauffeur.

— Monsieur, vous ne pouvez stationner ici, il faut partir, dit-il d'une voix ferme.

— C'est bon, j'en ai pour cinq minutes ! lâche nonchalamment le livreur en regardant son registre.

— Je vous demande de partir, Monsieur, insiste le sous-officier.

Une intonation dans la voix fait lever la tête du coursier, qui constate que le militaire a posé sa main sur l'étui de son pistolet automatique pour en ouvrir le rabat. Les deux sentinelles ont également perçu la tension puisqu'instinctivement, ils s'éloignent l'un de l'autre, affermissant la prise sur leurs fusils-mitrailleurs.

Le livreur choisit de ne pas tenir compte de l'avertissement et laisse éclater son agacement.

— Je vous ai dit : c'est bon ! Et… commence-t-il.

— Je vous ordonne de partir maintenant, Monsieur, le coupe le militaire, la main serrée sur la crosse du pistolet.

— Il faut toujours que la police fasse chier !! râle le chauffeur en continuant à marcher vers une hypothétique adresse.

— J'ai l'air d'un flic ? menace le sous-officier.

— … Euh ?

— Vous partez, maintenant, insiste le militaire en sortant son arme.

C'est le signal pour que les deux soldats mettent en joue le chauffeur. Plusieurs piétons s'arrêtent tant la tension est palpable.

Le chauffeur grommelle de façon inaudible, sans doute pour se convaincre d'avoir le dernier mot. Mais il fait vite de remonter en cabine pour démarrer son véhicule et s'éloigner. Les soldats continuent à le tenir en ligne de mire. Le sous-officier sourit d'un air rassurant aux passants, en remettant son arme à l'étui. Il attrape sa radio à l'épaule et s'empresse de transmettre ses ordres aux soldats à l'arrière de la rue.

— À tous : si un camion blanc avec haillon bleu se présente, considérez-le comme une menace potentielle.

Puis le sous-officier échange un mot avec le soldat qui avait hésité à réagir.

— Cette zone est interdite à tout stationnement. Ne vous laissez pas forcer la main par un trou du cul de passage.
— Oui, Sergent-chef, répond le soldat.

Le sous-officier rejoint le véhicule et y prend son arme automatique. Il insère un chargeur qu'il sort d'une de ses cartouchières.

C'est un très jeune sergent-chef, trois de ses soldats sont plus âgés que lui. Mais tous reconnaissent en lui une assurance et une expérience gagnées par plusieurs séjours en opérations extérieures. Le jeune homme impressionne par son calme et sa détermination, mais avant tout par le secret qui entoure sa vie personnelle.

Pour certains, il serait orphelin, d'autres assurent l'avoir croisé en permission accompagné d'un vieil homme aux cheveux blancs.

La rumeur prétend que ce serait aujourd'hui sa dernière patrouille. Alors que tous savent qu'il n'a jamais perdu un de ses hommes en opération, il est clair qu'il ne prendra aucun risque, que ce soit à Gao ou bien à Vincennes.

Plus tard, quand la patrouille Sentinelle rentre au Fort de Vincennes, le sous-officier « débriefe » avec ses soldats.

— Il n'y avait aucune raison de voir d'emblée un terroriste et de mettre en doute la bonne foi de ce livreur, mais notre devoir est d'anticiper toute menace et de pouvoir y faire face. Cela passe par le respect de la procédure choisie, explique le sergent-chef.
— Excusez-moi, Sergent-chef, ça ressemble à un délit de sale gueule un petit peu, non ? interroge un soldat réserviste.

— Soldat, moi, ce que j'ai vu, c'est un camion chargé aux essieux, garé sans autorisation à proximité de la cible que nous avions ordre de protéger. Ajoutez à cela que le chauffeur s'éloignait du véhicule sans le verrouiller ni emporter le moindre colis à livrer, ce qui n'est pas habituel. Vous êtes censés être vigilants justement à ce qui est inhabituel ; donc peu importe le faciès du chauffeur, c'est son attitude que j'ai relevée. Vous vous laissez distraire par le politiquement correct ; les préjugés ne font pas partie de notre mission, et votre cheminement de pensée fausse votre réaction. Vous avez laissé s'approcher une menace potentielle de peur de passer pour un présumé raciste, c'est une erreur au même titre que celle de voir toutes les personnes trop bronzées comme des terroristes, précise le sous-officier.

— Mais, en fait, ce n'était qu'un livreur parisien casse-couille, pas de quoi s'inquiéter, poursuit le soldat, persuadé d'avoir raison.

— Si ce n'avait pas été le cas, et là encore votre jugement hâtif est une idée préconçue, si ce n'avait pas été le cas donc, vous seriez mort, soldat. Ainsi que votre camarade et moi-même, si le camion avait été piégé. Prenez encore une patrouille avec désinvolture et je vous sors du dispositif, clôt le sous-officier.

Le véhicule pénètre dans la base et se dirige vers le casernement. Les soldats se rendent en silence à l'armurerie pour y déposer leurs armes.

Le sous-officier surveille que chacun éjecte le chargeur et rende les armes vides, mises en sécurité. Il donne congé à ses hommes qui s'éloignent en taquinant le réserviste. La leçon semble porter.

C'est au tour du sergent-chef de remettre ses armes au guichet de l'armurerie.

— Votre nom, Sergent-chef, demande l'armurier.

— Chiefhourrs, avec deux R.

— Épelez, s'il vous plaît, demande l'armurier.

— C'est bon, Kevin, je m'en occupe, dit le responsable de l'armurerie.

Le soldat s'éloigne tandis que le nouvel arrivant salue militairement et tend la main au-dessus du comptoir. Il enchaîne en regardant le sous-officier :

— Alors, Pierrot, tu nous quittes ? La rumeur est donc vraie, constate l'armurier.

— Oui, c'est exact. La nouvelle est déjà connue, remarque le sergent Chiefhourrs.

— Le « Pitaine » m'a téléphoné à l'instant. Il désire te parler avant ton départ. Avant même que tu ne rendes l'uniforme, précise l'armurier.

— Il pense me faire renoncer, dit en souriant Pierrot.

— On va tous te regretter, tu le sais bien, dit l'armurier un peu tristement.

— Tout ira bien. Bon, je monte le voir, à plus tard ! annonce le sergent-chef.

Le jeune militaire prend le chemin du bâtiment de commandement. Il frappe à la porte ouverte du capitaine qui lui demande d'entrer dans son bureau et d'en fermer l'accès.

C'est un jeune officier, le teint clair et les yeux bleus. Il pose un stylo de prix et propose une chaise à Pierrot.

— Bon, Chiefhourrs, je ne vais pas vous cacher que je regrette votre départ. Vous y avez droit, vous vous êtes engagé à 17 ans, vous n'en avez pas encore 20, vous avez fait votre contrat, nous savons tout cela vous et moi. Vous avez servi sous mes ordres en Afrique, nous y avons partagé l'expérience du feu. J'avoue avoir été impressionné par votre maîtrise, j'aimerais que tous mes soldats soient comme vous. Êtes-vous sûr de votre choix ? Je peux tout annuler, vous savez… commence le capitaine.

— Je sais, mon Capitaine. Comme je vous l'ai dit, je ne me sens pas mal ici, au contraire, mais ce sont des raisons personnelles qui me poussent à partir, explique le sergent Chiefhourrs.

— Oui, j'ai relu votre dossier. Vous avez été abandonné puis adopté et vous avez une piste concernant vos origines, c'est ce que vous m'avez dit, n'est-ce pas ? interroge l'officier.

— C'est exact, mon Capitaine.

— Mais vous avez votre père adoptif, non ? Pourquoi rechercher autre chose ? Il vous a élevé et vous aime, j'en suis sûr, rétorque le capitaine.

— Oui, mon Capitaine. Mon père adoptif me soutient dans ma démarche qui ne remet absolument pas en cause mon attachement pour lui. Je recherche une histoire, j'ai besoin de temps pour cela, dit Pierrot.

— Prenez des vacances, dans ce cas ! Mais restez avec nous, nous sommes aussi votre famille, quelque part, plaide le capitaine.

— Je ne sais pour combien de temps je vais en avoir, mon Capitaine, je préfèrerais avoir les coudées franches, avoue le sergent-chef.

— Bon, je n'insiste plus. Écoutez, je garde votre dossier six mois sur mon bureau, si vous en avez terminé avant, je vous reprendrai avec moi. J'ai l'accord des ressources humaines, explique l'officier.

— Je vous remercie, mon Capitaine, je suis très touché, dit le jeune soldat.

— Vous conservez votre adresse à Paris ? demande le capitaine.

— Oui, j'y serai, mon Capitaine.

L'entretien s'achève, le sergent Chiefhourrs rend son uniforme et emporte un sac à dos dans un utilitaire sombre. C'est son véhicule personnel. L'armurier et deux autres camarades de combat sont là pour lui souhaiter bonne chance dans ses recherches. Ils ont partagé un verre de l'amitié la veille dans un café proche de la caserne.

Le sergent-chef serre les mains de ses amis, puis s'installe au volant et démarre. C'est le milieu de l'après-midi, il met très peu de temps à regagner une rue du XIIᵉ arrondissement de Paris, entrant son véhicule dans une petite cour au fond d'une impasse.

La concierge lui a ouvert les vantaux sur un appel qu'il a passé. C'est une femme d'une soixantaine d'années qui s'est prise de sympathie pour ce jeune militaire bien élevé. Il loue depuis un an un studio meublé qu'il quitte ce jour, au grand regret de la gardienne.

— Ah, Monsieur Pierrot, si tous mes locataires étaient comme vous, lui confie-t-elle en ouvrant les doubles portes vitrées du hall.

— N'ouvrez pas en grand, Annie, j'ai juste un sac à emporter, dit le jeune homme en riant.

— Bon, c'est bien quand même que vous ayez eu cet appartement à la caserne, dit la concierge.

— Voilà, c'est fait, je vous rends la clef pour l'état des lieux ? demande Pierrot.

— Tout est en règle, le monsieur de l'agence est passé ce matin. Pour votre courrier, je fais suivre à la caserne ? demande la concierge.

— Oui, s'il vous plaît, Annie, ce sera très gentil, répond le jeune homme.

— Je vous fais la bise, mais vous reviendrez me voir ! C'est obligatoire, et puis j'ai votre numéro de portable, dit la gardienne en souriant.

Après l'au revoir, le sous-officier range son sac dans le coffre de son utilitaire et sort en marche arrière de la cour. Annie referme les portes et fait un signe de la main à Pierrot Chiefhourrs, ex-soldat de l'armée désormais.

Le petit utilitaire prend la direction du sud par une route nationale.

Parvenu dans une zone commerciale proche de Fontainebleau, le véhicule entre chez un loueur d'espaces de stockage. En quelques minutes, le chauffeur récupère une caisse noire en plastique dans une pièce anonyme. L'ex-sergent-chef Chiefhourrs a ouvert un cadenas à code pour lever un rideau de fer sur une pièce vide en dehors de la caisse qu'il emporte.

L'utilitaire s'éloigne rapidement pour rejoindre la lisière de la forêt, empruntant un chemin d'accès vers un parking de sable.

C'est la fin de l'après-midi, la pénombre commence à tomber. Pierrot ouvre les portes arrière du véhicule et pose la caisse noire au sol. Il en sort un jeu de plaques d'immatriculation qu'il s'empresse de changer à l'aide d'une petite perceuse à batterie.

La caisse contient le certificat d'immatriculation correspondant aux nouvelles plaques, un litre d'alcool à brûler, une liasse d'euros et une de dollars, un passeport canadien, une carte SIM prépayée et un pistolet avec deux chargeurs et une boîte de cartouches.

Pierrot regarde le prénom sur le passeport et note qu'il s'appelle Lucas désormais.

Il met dans un sac poubelle les vieilles plaques et brise la carte SIM de son portable. Quant au passeport et autres papiers d'identité au nom de Pierrot Chiefhourrs, il les brûle dans un trou à quelques mètres de son camion.

À la nuit, l'utilitaire noir regagne la banlieue parisienne proche, vers l'adresse localisée du répartiteur d'où ont été passées les requêtes de recherche concernant le soldat John Woods.

Lucas trouve une place discrète où se garer après quelques tours dans un quartier résidentiel, pas loin d'un grand parc.

Il passe à l'arrière du petit camion pour s'asseoir sur un fauteuil devant une table. Un ordinateur portable s'allume tandis que le chauffeur tire un rideau opaque devant l'ouverture de la cabine. L'antenne de trente centimètres posée sur le toit du véhicule localise une centaine de box internet et leurs réseaux wifi. Lucas n'a plus qu'à attendre que son ordinateur fasse le lien entre l'adresse IP qui a effectué les recherches et la box internet. Il sera alors facile de localiser précisément le logement de l'auteur des requêtes sur John Woods et l'article sur la mort de Franck Smith.

L'étape suivante consistera à effacer les données, récupérer le disque dur, les éventuelles sauvegardes et autres impressions. Quant à l'auteur des recherches, il faudra également s'assurer de son silence.

Lucas reçoit un message sur le portable.

Il répond deux simples mots : *En place.*

***

Sabine rentre du lycée en autobus. Il est 21 heures passées, la première réunion avec les parents vient de s'achever. Elle a fait part de la prise en charge de la quasi-totalité du prix du voyage à New York des élèves par un mécène américain, descendant d'un ancien combattant.

La nouvelle qui s'était déjà répandue au sein de la classe a été bien évidemment accueillie avec le sourire par les familles. Il ne leur reste qu'à entreprendre les démarches de passeport pour leurs enfants. Le projet de rendre hommage à un soldat du débarquement fédère au-delà de la classe, en devenant celui du lycée entier.

Sabine a été félicitée par le chef d'établissement en personne devant l'assemblée des parents. Elle n'en demandait pas tant, d'autant que le voyage n'a pas encore eu lieu, mais elle est touchée au fond d'elle-même de cette gratitude. Sabine sait qu'elle revient d'entre les morts depuis trois années.

Elle descend du bus et marche, heureuse, dans la petite rue de sa résidence. Elle sourit et se dit qu'elle va s'autoriser à commander une pizza quatre fromages pour son dîner tardif.

***

L'ordinateur a localisé l'adresse IP qui a passé les recherches sur John Woods. Lucas sait désormais à quelle box internet est rattaché le PC correspondant. Il n'a qu'un identifiant comme indice, *Sabi-net*, et un immeuble de quelques étages comme probable localisation.

C'est un immeuble d'habitation de particuliers, aucunement une entreprise privée ou publique.

La personne qui cherche le passé de John Woods semble agir pour son propre compte ou alors de façon clandestine.

Garé en haut de la rue, Lucas a une bonne vue sur l'entrée de l'immeuble et une partie de la façade. C'est une construction en espaliers, de quatre étages, avec terrasses masquées derrière des arbustes en pots.

Lucas observe aux jumelles, notant les heures d'entrée et de sortie, quand il aperçoit dans le halo d'un réverbère une silhouette de femme.

Elle a quitté la lumière et marche dans la pénombre jusqu'au prochain lampadaire.

Elle se dirige vers l'immeuble. Quelque chose dans la démarche de cette femme en gabardine, tenant un cartable épais, a attiré son attention. Lucas se concentre sur la silhouette en ombre chinoise qui apparaît soudain dans la lumière. Même à cette distance éloignée, la première impression se confirme. Lucas retire les jumelles pour regarder la scène de loin, caché derrière le rideau opaque de la cabine.

— Ça alors… dit-il d'une voix posée.

Il reprend les jumelles et se positionne dans l'interstice ménagé dans le rideau pour guetter l'arrivée de la femme devant l'entrée de l'immeuble, en pleine lumière.

Comme il s'y attendait, la jeune femme en gabardine pénètre dans le hall. Une lumière au troisième étage s'allume.

Lucas s'assoit devant son ordinateur et voit que le PC qu'il cherche se met en route. Branché au répartiteur, il a accès à la vision de la page web ouverte. Il suit en direct la commande d'une pizza, avec la saisie d'un coupon de réduction :

Paiement sur place, à emporter.

Lucas passe un blouson de cuir noir et met un bonnet noir sur sa tête. Il prend un outil pliant qu'il range dans la poche du blouson et glisse le pistolet dans un holster sous son aisselle droite. L'arme est prolongée d'un silencieux.

Quand il voit ressortir la jeune femme sans son cartable quelques minutes plus tard, après avoir éteint toutes les lumières du troisième étage, Lucas sort discrètement du camion.

C'est un homme vêtu de noir, son bonnet rabattu en cagoule, qui descend le long de l'entrée du parking. Lucas se hisse à la force de ses bras sur le mur qui conduit au garage de la résidence, ce qui lui permet d'atteindre la terrasse du premier étage. Les stores sont baissés, les flashes d'un écran de télévision se devinent et les fenêtres sont closes. Lucas peut donc escalader la seconde terrasse sans être entendu.

Parvenu sur la terrasse de Sabine, il reprend son souffle, observe la baie vitrée et ne détecte aucun signe de vie dans l'appartement.

Il se concentre sur une porte-fenêtre sur le côté, sans doute celle d'une chambre.

En PVC, le chambranle plie sous l'outil de Lucas, qui parvient à en forcer l'ouverture.

Il entre dans la chambre, refermant la fenêtre à la poignée quelque peu abîmée. Convaincu d'être seul, il allume une lampe torche et entreprend de fouiller l'appartement.

Il commence par le bureau sur lequel est posé un ordinateur portable replié. À côté se trouve une pile de dossiers.

***

Sabine marche tranquillement vers le restaurant de vente à emporter quand elle s'arrête en tâtant la poche de son manteau.

— Quelle gourde ! J'ai oublié mon portefeuille dans mon cartable. Quand on n'a pas de tête… dit-elle en faisant demi-tour d'un bon pas.

14

An 812, Royaume du Kent (Mercie)

La Mer.

Toujours elle se fait entendre.

Sur la plage marche un petit garçon qui a l'air d'avoir quatre ans environ. Ses pieds sont nus, il porte les vêtements des enfants de son âge.

Il se retourne et regarde les traces de ses petits pas derrière lui. Ils se perdent dans la marée montante. Le garçon ne reconnaît pas cette plage. Mais la mer est là, il est quelque peu rassuré. L'atmosphère est chargée de senteurs iodées. Puis il observe sa main gauche, tâtant du doigt son poignet, hésitant, de peur de déclencher une douleur. Mais il ne ressent rien, son doigt laisse une petite trace blanche sur sa peau rose.

Le petit garçon continue à avancer, le soleil levant dans son dos. Une grande femme lui parle, dans une langue qu'il ne comprend pas d'emblée, puis il entend clairement ce qu'elle lui dit.

Elle lui paraît vraiment très grande. Elle lui prend la main, lui lève le bras un peu et le serre fermement. Elle parle, le garçon écoute à peine.

— Comment t'appelles-tu, mon petit ? D'où viens-tu ? demande la femme entre deux quintes de toux.

C'est une femme âgée d'une cinquantaine d'années, qui porte une coiffe de tissu écru sur la tête. Elle tousse beaucoup, comme si de la fumée invisible l'irritait en permanence. Elle est si grande que le garçon doit lever son visage vers elle. Elle lui pose des questions auxquelles le petit enfant ne répond pas. Il en serait bien incapable.

Il suit la femme qui lui tient toujours la main très fermement ; comme elle semble forte, il ne saurait se libérer de son étreinte. Elle a un parfum de fleurs inconnues.

La femme ramasse un fagot de bois flotté sur la dune et elle conduit le petit vers un village.

Parvenus à la première maison le long du chemin de la mer, un homme âgé sort d'une étable avec un seau de lait.

Il interpelle la femme :

— Qu'as-tu trouvé là, Maguy ?
— Il errait sur le sable, il semble perdu, explique la femme.
— Il n'est pas d'ici, dirait-on. Eh petit, où est ta maman ? demande gentiment le vieil homme.

Puis il prend une louche accrochée dans l'étable et la plonge dans le seau de lait.

Il l'approche doucement vers la bouche du petit garçon qui boit goulûment, après avoir souri en reniflant l'odeur du lait encore chaud. Le vieil homme lui répète doucement sa question.

— Dis-moi, où est Maman ?
— Maman ? prononce l'enfant.

Maguy, sans lâcher sa petite main, s'accroupit et l'encourage en souriant.

— Mère est avec le *Scalde*, dit la petite voix.
— Dieu du ciel ! C'est un démon du Nord ! s'écrie le vieil homme.
— Non ! Il est des nôtres, regarde ses habits ! proteste Maguy.

— Mène-le à la garnison sur-le-champ ! Et ne reviens pas ici avec lui, l'invective l'homme en ramassant son seau de lait.

Puis il rentre dans son étable, claquant la porte de bois.

L'enfant prend peur et se serre contre la femme. Elle l'entraîne loin, marchant vite sur le chemin. Elle parle avec frénésie, recommandant au petit enfant de ne pas parler le norrois.

— Maman… répète le petit dans la langue de la femme, comme pour la rassurer.

— Oui, où est Maman ? Le sais-tu ? insiste Maguy.

Le lendemain, Maguy retourne sur la plage glaner du bois flotté pour son feu. Elle prend le petit garçon avec elle, tenant sa petite main potelée dans la sienne. L'enfant s'est écroulé de sommeil la veille, le nez plongeant dans son bol de soupe. Maguy se souvient de son étonnement devant l'endormissement si rapide des tout-petits, celui-ci comme le sien, il y a bien longtemps.

Le petit s'est réveillé peu après minuit en hurlant, en plein cauchemar. Il tenait son bras serré contre lui, le regard horrifié. Puis l'enfant a semblé la reconnaître et s'est rendormi bien vite, se laissant embrasser sur le front dans son petit lit de fortune. Maguy est restée debout à raviver son feu, toussant de plus belle.

C'est à ce moment-là qu'elle a décidé de revenir sur la plage. Peut-être une mère cherchera-t-elle son enfant…

Maguy a déjà noué trois ballots sans croiser âme qui vive. Le petit l'a suivie bien volontiers, ramassant des branches lui aussi. Il est assis sagement sur le sable à côté du bois, jouant avec des cailloux et un petit bâton qu'il frotte contre le sol. L'enfant trace des runes du Nord, interdites. Il brouille ses dessins quand arrive Maguy en toussant. La femme s'assoit contre lui et le prend dans ses bras, le berçant tendrement. Elle lui murmure qu'elle va bien s'occuper de lui. Le petit semble tout comprendre, *me* comprendre, corrige Maguy.

Elle ne sait où se trouvent ses parents, mais elle est convaincue qu'un grand malheur est arrivé à cette famille.

Elle porte le garçon dans ses bras, les fagots attachés sur son dos. Parvenue sur la lande avec lui, Maguy le dépose au sol, exténuée de sa charge, toussant fort, cette fois. Le petit garçon paraît soucieux, inquiet presque. Maguy lui sourit et s'assoit pour reprendre son souffle. L'enfant marche au hasard sur la lande. Il cueille une petite fleur et la tend à Maguy qui lui sourit tendrement. Puis le petit reprend son errance, faisant un bouquet de tiges sans fleur, en bourgeons. Maguy rit de le regarder. Elle se relève, charge le bois sur son dos courbé et saisit la main de l'enfant, qui marche à ses côtés.

Il tient fermement dans sa petite main sa touffe d'herbes sauvages.

Arrivés au seuil de la chaumière de la femme, l'enfant refuse de lâcher son bouquet. Maguy n'insiste pas, elle dépose sa petite fleur sur la table et s'active auprès du feu dont les cendres étaient éteintes. Elle souffle fort, déclenchant une quinte de toux une fois de plus. Le feu reprend quand même, donnant un peu de lumière dans la pièce commune.

Le petit garçon se rapproche du feu, Maguy s'alarme et le serre dans ses bras rapidement.

Malheureusement, son petit bouquet tombe sur le foyer de bois sec. Maguy réagit et tente de sauver le « trésor » des flammes naissantes.

Cette fois, c'est l'enfant qui pose sa main sur le bras de Maguy, faisant non de la tête.

La femme est surprise et le regarde, quelque peu apeurée. Les yeux de l'enfant sont inexpressifs, attachés à regarder les flammes jaunes. Les herbes brûlent lentement, dégageant une petite fumée et surtout une odeur particulière qui se répand bien vite.

Maguy s'apprête à retirer les végétaux trop verts du foyer quand elle constate que sa toux est tombée. Elle respire amplement, la gorge ne la gratte plus et le parfum des herbes lui semble très apaisant.

La femme observe à nouveau le petit garçon qui joue avec des petits morceaux de bois, insouciant et calme.

Maguy ne dit rien et épluche des légumes pour faire le potage. Elle est troublée, mais elle sourit. Le feu éclaire son visage, elle ne tousse plus.

***

Plusieurs jours sont passés dans ce petit village du Kent, royaume sous l'autorité du roi Cenwulf. Le curé marche lentement, comme à regret, escorté par une troupe de soldats.

Il entre dans la petite maison basse et appelle Maguy, affairée dans l'étable.

Le capitaine pénètre dans la maisonnée également, tandis que les soldats se déploient autour.

Maguy, veuve, se place devant le petit enfant qu'elle a recueilli. Tout le village sait que l'enfant a été retrouvé errant sur la lande, sans parents, sans trace de naufrage sur la plage. Personne n'est venu des villages voisins à sa recherche.

Alors les rumeurs ont commencé à se répandre, alertant le curé du village, puis bientôt, la garnison et le Seigneur du Comté.

Maguy baisse la tête devant les hommes en armes et s'adresse au curé :

— Mon Père, ce n'est pas l'enfant du démon. Il répète ses prières avec moi chaque jour. Laissez-le-moi en garde, ce n'est qu'un tout petit, plaide la femme.

160

— Certains ont dit qu'il avait parlé la langue des envahisseurs des mers, est-ce vrai, femme ? interroge le capitaine.

— Non ! C'est faux, il comprend et parle notre langue. Viens me voir, Cuthred mon petit, approche, appelle la femme.

Le petit garçon sourit et vient vers elle. Il lui prend la main. Le curé se détend et interroge :

— Est-ce là son nom, Cuthred ?

— C'est moi qui le lui ai donné, mon Père, en attendant que vous le receviez à l'église, explique respectueusement la femme.

Le curé regarde les soldats avec bonhomie, semblant dire qu'il ne fallait pas déranger le Seigneur pour si peu, ce n'est qu'un orphelin perdu, comme beaucoup sont retrouvés sur les routes. Le capitaine prononce innocemment une phrase en norrois, la langue des pilleurs du Nord. L'enfant lève la tête et le regarde instinctivement. Tous se figent. Tous connaissent les inflexions gutturales de ces mots, synonymes de mort et de désolation, même si le sens leur est ignoré.

Le capitaine ordonne à ses soldats de saisir l'enfant. Maguy se jette aux pieds du capitaine et demande grâce.

— Il est fils des démons du Nord, il comprend leur langue. Tu ne peux le garder ici, il vous tuerait tous dès qu'il aura grandi ! lance le capitaine.

— Pitié pour lui, ce n'est encore qu'un bébé !

— Les louveteaux deviennent des loups. Cesse ! Ou tu partageras son sort, si c'est ce que tu souhaites ! menace le soldat.

— Qu'allez-vous lui faire ? Mon Père, qu'adviendra-t-il de lui ? implore Maguy.

Les soldats soulèvent l'enfant qui se débat. Un soldat le jette en travers d'un cheval, les pieds et les mains de l'enfant sont liés rapidement.

Maguy sort en pleurant, retenue par le curé.

Le capitaine monte à cheval et s'adresse à la petite foule qui s'était approchée à l'arrivée des soldats.

— Vous connaissez tous la sentence ! Cet enfant païen, démon du Nord, sera brûlé !

— Pitié !! crie Maguy.

— Tais-toi, femme, ou bien j'oublie que tu as agi par charité du Christ, comme l'assure ton curé !

Le cortège quitte le village et ses rues boueuses pour s'engager sur le chemin des falaises. En premier marche le curé, escorté par des soldats. Puis vient le capitaine sur son cheval, en armes. L'enfant est assis dans une charrette, sur une litière de foin. Il est toujours ligoté. Assis sagement, il regarde Maguy qui marche derrière la charrette, soutenue par d'autres femmes. Puis viennent les hommes, qui portent des fagots de bois.

L'enfant pleure en silence, montrant une extraordinaire compréhension de ce qui se passe et se prépare. « Un enfant de chez nous ne réagirait pas ainsi », murmurent les femmes à Maguy.

Au sommet de la falaise, un tertre domine la mer. L'enfant tourne la tête au bruit des vagues qui parvient soudain. Il entonne une petite chanson en souriant.

Les hommes ont fait vite à dresser un bûcher improvisé autour d'un pieu planté dans la terre. Le garçon est hissé et attaché fermement au pieu. Le curé lui présente une croix de bois et les soldats se déploient pour repousser la foule.

Un cavalier arrive avec un flambeau, et sur ordre, met le feu au bas du bûcher, au petit bois imbibé de graisse.

Maguy pleure.

Et puis soudain, l'enfant élève la voix, dans la langue du Nord. C'est en norrois qu'il s'exclame :

— Maudits ! Soyez Maudits ! *Tjÿr! Tjÿr! Tjÿr!*

La foule se met à hurler, jetant des pierres vers lui. Tous ne voient plus le petit enfant, mais un démon du Nord.

Puis il reprend sa comptine, au rythme de la mer. Sa voix s'éteint, sa petite taille le met vite en contact avec les fumées. Il tousse très fortement, hoquetant.

Il meurt rapidement. Dans la foule hurlante, Maguy continue de pleurer en silence.

Quand elle revient trois jours plus tard avec quelques fleurs au pied du bûcher, les restes de l'enfant ont été dispersés, elle ne retrouve aucune trace de lui. Rien ne subsiste, sauf le sol noirci au bas du pieu calciné.

Où sont ses os ? pense Maguy en pleurant. Elle jette ses fleurs du haut de la falaise, dans les vagues blanches d'écume.

Au village, l'enfant-démon de la mer n'est jamais évoqué sans que chacun ne se signe de la Croix.

<h1 style="text-align:center">15</h1>

Octobre 2018, aux environs de Paris

Lucas termine de lire le compte-rendu de recherches sur John Woods écrit de la main de Sabine. Il a déjà parcouru l'ensemble des documents que la professeure a rassemblés.

Il se doit d'avouer que la chance a souri à l'enseignante avec la publication récente de la photo floue de Berlin-Est. Il a fait le lien avec la classe de New York que le Fiston a déjà réorientée loin du soldat Woods. Lucas a la vision d'un puzzle obscur dont il viendrait de trouver une pièce inconnue qui s'ajusterait parfaitement, alors que rien ne semblait la désigner à correspondre. Il comprend que ce dossier baptisé *John* est à part du projet des classes qu'a intercepté le Fiston.

Le logement ne recèle aucune photo d'enfant ou de couple. La penderie est celle d'une femme célibataire, professeure selon les tas de copies posés sur la partie gauche du bureau.

Sur le sous-main était placé le dossier de recherches, plus privées, semble-t-il.

Lucas analyse les éléments, tente de comprendre. L'appartement recèle une odeur qui lui est presque familière, masquée par celle plus forte du café. Lucas se remet à la lecture des notes quand il entend le bruit de petits talons rapides qui approchent. Il remet le dossier en place sur le bureau, éteint sa lampe et se cale dans le fond de la pièce, le long du mur qui jouxte la porte. Il sera ainsi invisible du salon et aura l'avantage de la surprise si quelqu'un entre dans la chambre transformée en bureau.

Lucas sort son arme délicatement de son étui et allonge le bras gauche. La porte d'entrée s'ouvre et se referme bien vite, la lumière du petit couloir s'allume tandis que retentit un bruit de clefs déposées dans un plat.

Sabine entre en flèche dans son appartement, agacée de sa distraction.

Elle appuie sur l'interrupteur du salon et se dirige vers son cartable au sol contre le canapé. Elle se baisse à genoux et entreprend de le fouiller pour en sortir sa carte bleue.

Elle se relève et se fige en regardant vers son bureau. La lumière du salon éclaire la petite chambre, son meuble anglais s'étalant à sa vue. Le dossier John est toujours posé sur le côté droit, sur le sous-main de cuir. Il semble identique à ce qu'il était le matin à son départ, excepté que le cuir se voit le long de la tranche de la pochette bleue. Et jamais le cuir ne se voit, car toujours Sabine aligne le dossier au ras du sous-main, là où commence le bois du plateau du bureau.

Quelqu'un est venu.

Sabine recule et retire ses chaussures à talons, marchant sur ses collants. Elle ferme les yeux et se concentre. Le dossier était pourtant bien à sa place tout à l'heure en rentrant du lycée. *Une senteur de pommes…*

Quelqu'un est là ?

La professeure marche lentement vers la porte d'entrée, vers son manteau accroché avec son téléphone portable dans la poche, vers la sortie.

Quelqu'un est là.

Sabine arrête son pas léger devant la cuisine. Elle allume la lumière et prend une tasse dans le placard, sa tasse blanche préférée, en faïence bon marché. Elle la place sur sa cafetière de célibataire, prend une dosette du matin sur le râtelier en inox et lance la machine. *Tapis de feuilles, forêt...*

Il est là.

Sabine revient d'une façon qu'elle veut naturelle dans le salon. Elle s'assoit sur son canapé, le dos bien droit, les jambes serrées.

Elle porte un pantalon noir, élégant. Sabine pose sa tasse de café fumant sur la table basse.

Elle ferme les yeux et respire lentement pour calmer sa peur, éteindre la panique naissante.

Elle regarde le fauteuil face à elle, de l'autre côté. Sur sa droite se trouve la porte ouverte de la petite chambre, dans l'obscurité. À sa gauche, la porte de sa chambre est fermée.

L'océan...

C'est lui...

Sabine boit une gorgée de café et écoute le silence. Elle n'entend que la rumeur de la rue au loin, très loin.

Elle pourrait être déjà arrivée au bas des escaliers, en ligne avec la police, ou réfugiée chez une voisine. Elle a choisi de ne rien faire de tout cela, parce qu'elle désire suivre son intuition, parce qu'il *faut* qu'elle ait raison.

Alors, Sabine se force à faire ce qu'elle considérait comme une folie, si déjà la folie ne l'avait pas tant frôlée ces temps-ci.

Sabine parle, elle parle tout haut, clairement :

— Je suis assise sur mon canapé avec une tasse de café. Je n'ai pas de téléphone à ma portée. Je ne constitue pas une menace. Je désire juste parler... comprendre... s'il vous plaît ?

Et puis, soudain, une silhouette noire apparaît dans l'encadrement du bureau. C'est un homme grand, cagoulé, en blouson de cuir noir.

Il tient un pistolet dans la main gauche, dirigé vers le sol. Sabine sursaute et tourne la tête vers lui, ses yeux ne quittant pas les deux prunelles sombres qui la fixent depuis les trous de la cagoule. Ce regard un peu triste, intense, Sabine le connaît. Elle ne le lâche pas et dit :

— John ?

L'homme ne répond pas et retire sa cagoule de la main droite. Devant Sabine se tient John Woods, ou bien Günther Wolf, mais encore Franck Smith ou l'inconnu de la légende de Berlin-Est.

— Vous ne pouvez publier ce dossier, vous me mettriez en danger, dit une voix juvénile, mais ferme.

— Je cherche une histoire, à comprendre, pas à faire un scoop. Quant à être une menace, c'est vous qui portez une arme, pas moi, proteste Sabine.

L'inconnu marche dans le salon et regarde autour de lui. Sabine est toujours assise sur le canapé, le suivant du regard. L'homme s'assied sur le fauteuil face à elle, posant son arme sur la table basse. Le bois résonne du poids du pistolet. L'inconnu se cale contre le dossier et place ses mains gantées sur ses cuisses. Il dégage un parfum de bois, de feuilles d'arbres et de fumée. Sabine l'observe, la curiosité l'emporte sur la peur. Elle ne sait pas pourquoi, mais elle reste persuadée que cet homme armé ne constitue pas un danger pour elle.

— Qui êtes-vous ? Qui étaient John, Günther, Franck ? Étaient-ils de votre famille ? interroge Sabine, perdue, n'osant formuler l'évidence qui est devant elle.

— Vous savez très bien qui ils étaient puisque vous avez rassemblé ces éléments. J'étais tous ces hommes, vous l'avez compris, je pense, mais cela vous paraît impossible, précise Lucas.

Sabine se concentre sur les dernières paroles de l'homme en face d'elle. Il est jeune, mais semble vieux quand il parle.

— Vous seriez… immortel, c'est ça ? demande Sabine, très dubitative.

— Vous doutez, n'est-ce pas ? Non, je ne suis pas immortel. J'ai porté tous ces noms, j'ai été tous ces hommes, j'ai vécu toutes ces vies et bien d'autres. Mais au terme de chacune, je suis mort, dit d'une voix posée le jeune homme.

— Je ne comprends pas, pardon, ajoute Sabine.

— Ce n'est pas important que vous compreniez ou non. Mais si vous révélez vos découvertes, je vais redevenir une bête traquée par les autorités, répète Lucas.

— Vous ne faites donc pas partie d'un service de l'État ? Un service secret ou l'armée, par exemple ? tente Sabine.

— Pas du tout, bien au contraire. Je cache mon secret aux autorités depuis toujours. Ma différence entraîne toujours la haine ou la convoitise, elle doit rester secrète, explique Lucas.

Sabine boit une gorgée de café et regarde le jeune homme. Elle ne peut se résoudre à ne pas savoir, à ne pas comprendre. Elle touche au cœur de son attachement à l'Histoire. Comprendre est une nécessité vitale pour Sabine, qui est prête à prendre un pari très risqué, en oubliant que cet inconnu est entré armé chez elle, par effraction.

Mais en observant ses yeux, il se dégage une telle solitude, une tristesse même, qu'elle décide de poser la question qui lui brûle les lèvres.

— Racontez-moi votre histoire, John, s'il vous plaît.

— Sabine, si je vous la raconte, il faut me promettre de ne rien révéler et de détruire votre dossier. Je serai sinon obligé de prendre des mesures dont je n'ai pas envie, mais qui me seront impératives, annonce Lucas d'une voix ferme.

Sabine encaisse la surprise que l'inconnu qu'elle nomme du prénom d'un soldat mort depuis 75 ans sache son identité. « Il m'appelle par mon prénom, pourquoi ? », s'interroge Sabine.

— J'accepte, dit Sabine, médusée de sa réaction et sa tranquillité à parler avec un homme armé face à elle.

Lucas retire ses gants et commence à parler en regardant Sabine dans les yeux, comme pour jauger sa compréhension.

— Non, croyez-moi, je suis bel et bien mortel. J'ai été ces hommes et d'autres auparavant, c'est juste que je me souviens. Je me souviens de toutes mes vies passées. Je vois bien que vous commencez à penser que d'autres disent la même chose de nos jours, sans aucune preuve. Il ne s'agit pas de cela me concernant. Je me souviens de mes vies passées, car quand je meurs, je reviens tout de suite à la vie, ailleurs dans le monde, à l'âge de quatre ans.

— Vous ressuscitez vous aussi, alors, dit Sabine, l'air de douter.

L'homme sourit amèrement et se met à parler en anglais, un fort accent américain de New York. Sabine voit John le parachutiste. Puis Lucas passe à l'allemand, et là, c'est Günther qui apparaît devant Sabine, l'image qu'elle s'en faisait. Puis Lucas enchaîne avec des langues inconnues à Sabine, elle reconnaît parfois des mots anglais, allemands ou approchants.

Lucas termine par le vieux français, avec un accent que Sabine peine à déchiffrer.

— À chaque fois que je meurs, je reviens à la vie à l'âge de quatre ans, au milieu de nulle part, dans un endroit du monde situé à des milliers de kilomètres d'où je vivais précédemment. Je sais parler la langue de l'endroit dès que je rencontre un habitant. Alors, il me faut tout recommencer : grandir, devenir adulte, mais masquer que je comprends tout et que je suis déjà adulte dans ma tête. Oui, je n'oublie rien de mes vies d'avant, ni les langues, ni les métiers que j'ai pratiqués, ni celles et ceux que j'ai aimés, aucun de mes souvenirs. Je parle des dizaines de langues, certaines oubliées ou transformées, confie Lucas.

— Comment est-ce possible ? le coupe Sabine.

— Je n'en ai aucune idée, ne comptez pas sur moi pour vous expliquer le pourquoi. Voilà plus de mille ans que je vis cela sans n'avoir jamais reçu aucune explication ni révélation mystique, si c'est ce que vous attendez. Je ne peux que vous raconter une partie de ce que j'ai vécu. Voulez-vous entendre réellement mon histoire ? Êtes-vous vraiment prête à cela, Sabine ? demande Lucas d'une voix douce.

La dernière intonation de voix du jeune homme trouble Sabine. Elle ressent une impression de déjà-vu et se rend compte que son assentiment paraît important, de fait, pour celui qu'elle nomme John. C'est comme si échouer à la convaincre décevrait John.

Sabine regarde les mains de l'homme. Il porte un simple anneau de métal à l'annulaire droit.

Il se tient assis en la regardant, le visage neutre. Seuls ses yeux trahissent une attente, pense Sabine. Elle reprend du café et garde la tasse chaude sur elle. Elle lève le visage et dit d'une voix franche.

— Je suis prête à vous écouter, John. Racontez-moi, je vous en prie, j'en serais heureuse.

Lucas sourit et pose ses gants à côté de son arme. Il ouvre son blouson et se penche en avant, les avant-bras reposant sur ses cuisses. Il commence d'une voix lente, énonçant des faits, simplement.

— Je suis né il y a plus de mille ans, autour de l'année 800, dans un village que vous appelleriez viking aujourd'hui. Il était situé sur les côtes de l'actuel Danemark. J'ai grandi au sein d'une famille aimante, chaleureuse, contrairement à l'image qui a été véhiculée du peuple viking à travers les âges. Mon père était pêcheur, puis les hommes du village ont pris part aux raids sur les rives plus au sud, ou contre l'actuelle Grande-Bretagne. Les rois scandinaves commençaient à unifier notre nation et les pillages étaient une source très lucrative de richesses. Odin et Thor inspiraient nos équipées. Au village, nous vénérions plutôt *Tÿr*, le Dieu de la Guerre Juste. Participer aux raids heurtait certains d'entre nous, les hommes âgés souvent, qui avaient survécu aux batailles et aux maladies et n'aspiraient qu'à une vie paisible, loin du sang.
Moi, j'hésitais encore, je venais d'avoir mes douze printemps. Je voyais peu mon père, mais je m'en remettais entièrement à son jugement. Ma mère était très courageuse, elle m'élevait de son mieux avec notre voisine, la mère de Thorn, mon frère d'adoption. Nos deux pères étaient eux aussi « afrèrés », si je puis le traduire ainsi. Ma petite sœur était morte l'hiver précédent, de la mauvaise toux, comme le frère de Thorn. C'était la seule expérience de la mort que j'avais rencontrée.
Tuer des innocents me posait des soucis de conscience, mais c'est mon père qui devait décider de mon destin, en accord avec le chef de notre village. Il en serait ainsi.
Et puis le Scalde, notre barde, je pense que vous connaissez l'importance de ce personnage dans les clans du Nord, m'a

fait la faveur de me choisir pour lui succéder. Il n'avait pas eu d'enfant, son épouse était morte jeune. Il parla au chef et à ma mère, puis je commençai mon enseignement.

J'apprenais la connaissance des plantes, à compter à l'aide de morceaux de bois, à tracer les runes. C'était un homme bon et savant pour ce temps-là, en phase avec la nature.

Tous les humains observaient et décryptaient la nature, le comportement des animaux, nous en tirions notre subsistance chaque jour.

J'étais un enfant heureux, plein de vie, je n'étais jamais tombé malade, passant à travers les épidémies de toux. J'étais amoureux de la seconde fille du chef ; mon nouveau statut d'apprenti Scalde m'ouvrait l'espoir de me marier bientôt avec elle. Elle m'aimait aussi.

La mort a fait son apparition brutale dans ma vie heureuse par l'attaque de notre village. Un roi du Kent avait dépêché une expédition punitive sur nos côtes suite aux trop nombreux pillages perpétrés sur ses terres. Les guerriers avaient navigué des semaines pour débarquer de façon discrète. Ils avaient sans doute capturé des nôtres pour être aussi bien renseignés sur notre village niché dans une petite crique. L'attaque a eu lieu au matin.

Ils ont passé hommes et enfants au fil de l'épée, faisant prisonnières les femmes.

Le viol était une arme pour annihiler un peuple.

Les guerriers croyaient au pouvoir de la descendance, du « sang ».

Thorn et sa mère furent tués parmi les derniers, puis ce fut ma mère qui donna sa vie pour me défendre. J'avais été blessé, le bras tranché par un impitoyable guerrier. Je me souviens de la douleur immense de son coup d'épée, de l'odeur métallique de mon propre sang.

J'étais incrédule devant ce qui nous arrivait, la panique était aussi douloureuse que mes blessures : qu'étaient devenus Ingrid, mon amour d'enfant, et le Scalde ? Ils habitaient dans l'autre partie du village, en flammes.

Je ne le sus jamais, la mort me tirait à elle. J'étais convaincu de retrouver ma mère et ma petite sœur autour de la table d'Odin, assises au chaud à festoyer avec Thorn. La vie s'écoulait de mon ventre ouvert, et pourtant, je m'y accrochais avec toute ma volonté d'enfant de douze ans. Finalement, je m'en remettais à *Tÿr*, notre Dieu de la Guerre Juste, l'appelant à une aide désespérée. Je traçai une dernière fois sa rune sur le sable, les parfums et le bruit de la mer couvraient ceux du sang et de la bataille.

Puis ce fut la nuit, le noir, la fin de la douleur.

Je me retrouvai tout de suite après à cligner des yeux au soleil sur la plage, debout, les pieds dans l'eau froide.

C'était mon premier retour, mais je ne le savais pas encore. Je regardai mon bras intact, le passant encore et encore devant mes yeux.

En me retournant, je voyais mes pas sur le sable, comme apparus soudainement sur la grève. Derrière les premières marques, il n'y avait rien. Puis une vague plus forte est venue effacer les traces, faisant disparaître les preuves de mon arrivée miraculeuse.

Je quittai l'eau trop froide pour mes pieds et marchai sur le sable, appelant mère et Thorn.

Seuls les oiseaux du large me répondaient de leurs cris. Puis une femme géante est venue vers moi, parlant une langue inconnue. Je n'étais pas surpris, je me croyais en route vers *Valhalla*, le paradis.

La géante avait une main immense, j'avais peine à suivre sa marche. Soudain, sa langue m'est devenue compréhensible. Elle me parlait comme à un petit enfant. J'ai regardé mes pieds potelés, la peau rose de mes bras, mes mains si « neuves ». J'ai compris que j'étais un enfant, un petit enfant de quatre ans environ.

Totalement désorienté, j'ai utilisé la langue de mon peuple, le norrois. J'ai compris que j'étais dans un autre royaume que le mien, sans comprendre comment les Dieux avaient pu réaliser cela. La géante était en fait une vieille femme, simple et bonne. Elle me recueillit comme son propre fils, s'occupant de moi avec gentillesse et patience. Je devais lui sembler bien étrange, mais elle ne le laissait pas transparaître. En écoutant, j'ai compris que je me trouvais dans le Royaume du Kent, en Grande-Bretagne actuelle. Je me demandais où était mon père. La femme s'appelait Maguy, elle m'emmenait chaque jour sur la plage.

Je regardais l'horizon, espérant y voir la voile de mon père, en vain.

J'en étais encore à m'interroger sur les raisons que les Dieux avaient de me faire revivre de la sorte, quand ma maladresse du premier jour se rappela à moi. Les soldats du Royaume vinrent et comprirent que je connaissais la langue des Vikings, ces guerriers du Nord qui attaquaient les villages isolés de leurs côtes.

Je payai cher mon erreur de langue, je fus brûlé vif comme démon viking.

Là encore, je me réfugiai dans les incantations à *Tÿr*, maudissant ce peuple sauvage qui tuait sans scrupule un petit garçon.

Je mourus une seconde fois, assez vite. Je suis encore capable aujourd'hui de me souvenir de l'odeur du bois du bûcher, de la fumée âcre qui me tua.

Là encore, la nuit m'envahit.

Je ne fus pas étonné de me retrouver marchant dans une forêt de sapins. Cette fois, je portais des peaux de lapin aux pieds et une épaisse veste de laine grossière. J'ai marché de mes petits pas plusieurs heures avant de m'écrouler de fatigue. J'avais compris cela à mon premier retour, si mon cerveau conservait l'âge de mes douze printemps, mon petit corps, lui, se fatiguait bien vite. Je me suis réveillé à la nuit dans les bras d'un guerrier autour d'un feu. J'ai crié d'une petite voix en voyant les flammes et en sentant la fumée.

L'homme me parla d'une voix rassurante, posant sa main immense et calleuse sur ma joue. Là encore, sa langue me devint familière rapidement. Cette fois, je me comportai en adéquation avec mon âge.

J'ignorais tout de l'endroit où j'étais apparu, je compris plus tard que ce devait être en Germanie. Pour le moment, je me savais au milieu d'une forêt de sapins, avec un peuple plus ou moins nomade. Un guerrier m'avait trouvé endormi, habillé des mêmes peaux que lui. Il croyait que la déesse de la forêt lui avait donné un de ses fils en remplacement du sien, mort peu avant. Il devint un nouveau père pour moi qui ne revis jamais le mien.

Je ne racontai jamais mon histoire, à personne. Je grandis en guerrier, satisfait d'assouvir mes désirs de vengeance sur la vie. Les ennemis du clan valaient bien les miens, que je ne pourrais jamais châtier.

Je suis devenu un guerrier à mon tour, un des plus féroces, solitaire et silencieux.

Je ne tombai jamais malade dans cette vie non plus. Je me mariai avec une fille d'un clan allié. Malgré nos efforts réguliers et plaisants, elle ne me donna aucun enfant et réclama justice, c'est-à-dire rupture de notre union.

Elle épousa un autre guerrier et devint ronde assez vite, ce qui me valut d'être banni du clan pour infertilité.

C'est ainsi que j'ai découvert que si je passe à travers toutes les épidémies, je ne peux en revanche avoir d'enfant.

J'ai erré des jours dans la forêt, pleurant mes parents, mes amis, le Scalde, ma nouvelle famille perdue, avec la rage au ventre. J'ai finalement rencontré des ennemis sur lesquels j'ai passé ma haine, les tuant tous.

Ce combat me fit l'effet d'un coup de fouet. Je quittai sur-le-champ les forêts pour remonter vers le Nord, cherchant le Royaume viking.

J'avais quelques notions d'orientation apprises par mon père et le Scalde. Après plusieurs semaines de marche, je suis enfin arrivé sur les bords de la mer. J'ai longé la côte, reparlant ma langue maternelle, travaillant pour gagner l'hospitalité.

Alors, j'ai retrouvé mon village. Un vieillard m'avait indiqué où trouver le « village du traître », brûlé 20 ans plus tôt. Il était appelé comme cela, car un Viking l'avait vendu aux ennemis, avant d'être trahi à son tour.

La crique ne recelait presque aucune trace de notre vie passée. La mer avait gagné du terrain, balayant les restes des huttes incendiées. J'ai passé quelques nuits dans l'alcôve où se tenait la maison du chef, là où Ingrid devait s'asseoir devant son feu. Puis je suis retourné dans le village du vieillard et j'ai embarqué comme rameur sur le premier drakkar qui partait en expédition.

J'y appris à naviguer, et surtout, nous attaquions le Kent. Je suis mort au combat quelque temps après, encore une fois l'épée à la main, en attaquant un village côtier sur le continent.

— Vous êtes alors réapparu en petit garçon ? demande Sabine, complètement fascinée.

— Oui, avec tous mes souvenirs et mes connaissances qu'il me fallait encore une fois cacher ou faire mine d'apprendre. J'ai mené une vie de simple pêcheur, loin des batailles, au début de cette vie. Mais les temps étaient violents, il fallait se défendre et j'étais plutôt doué. J'ai rejoint les hommes d'armes du seigneur local pour finir capitaine de la garde. J'ai découvert alors une autre constante dans chacune de mes vies : je cesse de vivre à 70 printemps environ.

— Vous tombez malade à 70 ans ? interroge Sabine.

— Je m'endors sans me réveiller. Je le sens apparaître quelques jours auparavant, c'est une certitude comme vous ressentez la faim ou la soif.

Et je recommence une vie ailleurs, une vie d'orphelin, sans savoir ni où ni comment.

J'ai eu de nombreux parents adoptifs, des curés, des bonnes sœurs dévouées dans des refuges pour enfants perdus. Je suis aussi tombé sur des monstres, j'en ai tué plusieurs, avec la difficulté de posséder un corps d'enfant animé par l'intelligence d'un homme mûr.

J'ai beaucoup tué, ai été souvent soldat, comme de nombreux orphelins. Nous formerions les meilleures recrues, paraît-il.

Je me souviens de guerres innombrables, tellement importantes que personne ne se les rappelle, pas même les historiens.

Je n'ai jamais oublié la douleur des lames, du métal qui transperce, tranche et vous mutile, des gaz qui brûlent et vous suffoquent, des balles qui traversent votre corps, meurtrissant les chairs.

Mais à chaque fois, je revenais enfant, marchant seul. Je prenais des épouses, j'élevais moi aussi des enfants recueillis.

Il m'est arrivé une fois de retrouver mon village précédent, avec mon fils adoptif, vieux à son tour. Je ne me révélai pas à lui, c'était risquer le bûcher à nouveau. Il ne me reconnut pas, mais je le savais troublé par la ressemblance qu'il voyait en moi avec son défunt père. Je ne m'attardai pas dans le village, c'était une existence d'avant, mais c'était très douloureux à vivre, en fait.

— Vous deviez vous sentir si seul… Mais vous n'avez pas rencontré quelqu'un comme vous ? demande Sabine.

— Trois siècles environ après ma première mort, j'ai croisé mon ami d'enfance, Thorn. Je ne parle pas d'un sosie, c'était réellement lui, physiquement, je veux dire. Je connaissais suffisamment mon ami pour savoir distinguer ses particularités physiques que je retrouvais chez ce garçon. Moi, j'étais âgé d'une trentaine d'années. Thorn, qui se nommait Anthoine, avait la même voix que celle que je n'avais jamais oubliée. C'était lui sans être lui, car il ne me reconnut absolument pas. Il était également un enfant trouvé. Plus tard, j'ai croisé d'autres comme lui, mais jamais aucun n'avait souvenir de ses existences antérieures.

— Est-ce à dire que nous serions tous… des revenants ? propose Sabine.

— Là encore, ne comptez pas sur moi pour vous éclairer. Je me suis beaucoup intéressé aux mathématiques, je formule donc mes constatations avec beaucoup de rigueur sans tirer aucune conclusion générale. J'ai croisé quelques « revenants » sans mémoire, comme vous dites, mais je ne peux affirmer que tous les humains sans mémoire d'une vie antérieure soient des « revenants ». J'ai vécu toutes ces vies en restant humble et discret. La célébrité donne naissance à des tableaux, des dessins, plus tard des photographies. Toutes ces preuves d'une existence sont autant de difficultés pour la vie suivante. Je croyais avoir éliminé tous les tirages du livre de souvenirs de mon ami Anderson, et pourtant, vous avez mis la main sur un exemplaire.

— Vous avez toujours choisi d'être un soldat, Pourquoi ? interroge Sabine.

— Parce que je suis et reste un enfant de *Tÿr*, le Dieu de la Guerre Juste. J'ai mené une fois une vie calme, sans tuer personne. J'étais herboriste, aimé et respecté de mes concitoyens, sage et savant. Et pourtant, après une vie de bienfaits, la violence de la guerre m'a rattrapé, me faisant périr par les armes quelques jours avant mes 70 printemps. Là encore, je suis revenu à la vie, sans aucune différence. J'ai pu châtier mes bourreaux dans l'existence suivante. Ils avaient été des hommes très cruels et *Tÿr* m'accorda la vengeance, la Guerre Juste.

— Ce ne furent que des vies de solitude, au fond, constate Sabine. Se souvenir de tout doit être horrible, comment reconstruire une autre vie avec le souvenir de ses proches disparus ?

— Comme vous reconstruisez votre quotidien quand vous vivez des drames dans votre vie, explique Lucas. Vous gagnez en sagesse, en force, en détermination à vivre le meilleur, à être meilleur. C'est ce qu'il se passe pour moi, mais sur des siècles. Mais vous avez raison, j'ai éprouvé beaucoup de solitude. Et puis, après neuf siècles de solitude, j'ai fait la rencontre que je n'espérais plus…

— Quelle rencontre ? demande Sabine, fascinée.

16

État de Virginie, 1780

— Quelle rencontre ?

— La première dans toutes ces vies que j'avais enchaînées sans but ni comprendre le pourquoi. Après avoir connu quelques autres revenants sans mémoire, sans pouvoir déterminer si c'est le destin de tous les humains, j'ai fait LA rencontre, celle que je n'espérais plus, quelqu'un comme moi, dit Lucas, plein d'émotion.

— Vous voulez dire qui se souvenait des vies d'avant, c'est cela ? propose Sabine.

L'homme se lève et retire son blouson de cuir. Il porte un pull à col roulé noir, sur lequel est passé un holster pour son arme. Sabine regarde sa tasse vide. Elle la lève en signe de proposition vers Lucas, qui accepte du café lui aussi. Dans le salon, seule une lampe est allumée sur un guéridon. Sabine se rend dans la cuisine et sort une seconde tasse du placard. Tandis que la machine fait couler les boissons chaudes, Sabine prend conscience de l'irréalité de la situation. Son téléphone vibre des messages laissés par la pizzeria qui attend qu'elle vienne retirer sa commande. Elle est là, tranquille, à préparer un café fort pour un étranger armé qui est entré chez elle par une fenêtre. Quand elle revient avec un plateau portant les tasses et quelques biscuits secs, l'homme est assis sur le fauteuil face à son canapé. Son pistolet est toujours posé sous ses gants sur la petite table basse. Le visage de John lui semble très juvénile par moments, Sabine s'imaginerait presque à deviser avec un jeune étudiant, un de ses anciens élèves venu lui raconter son parcours d'études depuis la fin du lycée, par exemple.

Mais cette fois, ce n'est pas elle qui fera part de son expérience d'adulte, l'homme qui est en face d'elle porte en lui des dizaines de vies, à travers l'Histoire, qu'elle connaît par ses livres.

Lucas remercie et boit une gorgée de café chaud. Sabine reprend sa position, jambes repliées sur le côté ; assise à la même place sur le canapé. Elle patiente comme elle attendrait que Nadège lui confie une autre de ses mésaventures.

Le jeune homme reprend la parole, sa voix est douce et claire.

— Oui, vous l'avez deviné, j'ai trouvé quelqu'un qui avait le même destin que moi. C'était une femme. Elle avait mené elle aussi des existences d'orpheline, réapparaissant au beau milieu de nulle part après sa mort, petite fille perdue de quatre ans environ. Mais cela, je ne le sus pas tout de suite, je dus attendre l'espace d'une vie pour l'apprendre.

Je suis réapparu en 1753 à l'ouest des Montagnes Bleues, dans la colonie de Virginie, dans le Nouveau Monde. Des colons français de la frontière m'ont recueilli et élevé comme leur fils. Ils étaient âgés déjà et n'avaient pas eu d'enfant ensemble. Ils vivaient en bons termes avec les Indiens de la nation Croatan. Ils étaient descendus du nord, des colonies françaises, et ne possédaient pas d'esclaves.

La femme s'appelait Berthe et avait des connaissances en remèdes, qu'elle proposait aux Indiens. J'ai grandi en apprenant avec elle tout ce que je savais déjà. Je chassais et cultivais la terre avec Jean. Mes amis étaient de futurs guerriers indiens. C'était une enfance magnifique, sur une terre sauvage, libre. Ce goût immodéré pour la liberté amena une des plus vieilles colonies et douze autres à défier la tutelle du roi d'Angleterre. La Guerre d'Indépendance commença, Berthe et Jean furent pendus comme traîtres français par les troupes du roi George. J'étais parti en chasse avec les Indiens quand c'est arrivé. Évidemment, je suis tout de suite entré dans le conflit contre ceux qui m'avaient ravi les miens une fois de plus, les Anglais. J'avais un peu plus de 25 ans, je parlais les langues indiennes, le français. Je suis devenu officier dans une milice de patriotes, menant des embuscades, servant d'intermédiaire avec les alliés indiens, puis les Français quand ils ont pris part au conflit contre la Couronne britannique.

J'étais connu sous le nom du Français, ou d'autres m'appelaient Corbeau, ou Lieutenant Raven. Ces surnoms venaient du fait que j'avais apprivoisé des corbeaux dans ma jeunesse. Ce sont des oiseaux très intelligents, dont le cri nous servait de signe de ralliement, avec celui de la chouette rayée également. Les corbeaux suivaient notre troupe régulièrement, dépeçant les cadavres des habits rouges. Cela participait à notre légende effroyable. J'avais retrouvé le plaisir de manier la hache de mon enfance viking, en adoptant le tomahawk indien.

Après la guerre, j'ai été gratifié pour service rendu de terres près des territoires indiens. J'avais perdu de nombreux camarades, ma rage avait été étanchée par tous ces combats. J'avais envie de finir ma vie paisiblement. J'envisageais d'épouser une veuve indienne, déjà mère pour ne pas décevoir une femme en attente d'enfants. Je vivais dans une cabane que j'avais construite, partagé entre mes frères d'armes indiens et les patriotes. La solitude du quotidien me convenait, je reprenais l'apprivoisement d'un couple de corbeaux.

À la fin de l'été, je suis descendu en ville troquer des peaux et des remèdes indiens contre de la poudre et des denrées pour l'hiver. C'est là que je l'ai rencontrée pour la première fois. Virginia était serveuse à la taverne. Je suis entré, salué par plusieurs vieux compagnons. L'un m'a présenté celle qui portait le nom de l'État, Virginia, et qui « parlait elle aussi le français », m'a dit un ami.

Elle avait sensiblement le même âge que le mien et avait connu à peu près le même parcours : orpheline trouvée en larmes dans un village de colons ravagé par la guerre, sans prénom, sans parents.

Les hommes l'ont confiée aux femmes d'un village patriote et le pasteur l'a baptisée Virginia, symbole selon lui de notre État toujours debout malgré la guerre.

Je suis resté jusqu'à la fermeture de la taverne, parlant avec elle en français. C'était comme une langue maternelle pour elle, elle m'expliquait l'avoir apprise avec un chirurgien français qu'elle avait aidé à panser les soldats blessés aux combats. Dans la nuit, elle m'a entraîné dans la maison où elle logeait, celle du vieux pasteur veuf.

Trois jours plus tard, il nous mariait et nous montions en direction des Montagnes Bleues dans mon chariot.

Virginia avait les cheveux châtain, les yeux bleus et une formidable envie de vivre.

Je ne lui avais pas caché que je ne pouvais sans doute pas avoir d'enfant. Elle répondit que la guerre lui avait appris qu'elle aussi ne pourrait pas enfanter, sans me donner plus de précisions. La guerre était terminée, nous voulions vivre, sans que le passé ne soit un poids.

Mes projets sages et raisonnables d'épouser une veuve indienne s'étaient envolés.

Virginia incarnait la vie, la joie, je l'aimais comme jamais je n'avais aimé avant, dans mes si nombreuses vies.

Nous avons mené une existence merveilleuse, simple et bonne, au-delà des montagnes.

Les Indiens étaient nos amis ; parfois, nous cachions des esclaves en fuite également. Ce sont les seuls autres événements que nous traversions, notre vie commune fut sinon très humble.

Virginia possédait beaucoup de connaissances pour une jeune fille allant au travers d'une guerre civile. Je ne donnais moi non plus aucune explication à mon savoir que je ne masquais plus. Malgré les épidémies, les blessures du quotidien dues à la vie dans une petite ferme, je ne tombais bien sûr jamais malade. Mais elle non plus.

Elle ne devint jamais enceinte, je m'en attribuais la responsabilité et elle protestait de la sienne en souriant, me proposant de recommencer pour vérifier nos dires.

C'est sur la fin de notre vie que le doute se fissura. Chacun de nous préparait l'autre à son possible trépas du jour au lendemain, dans notre sommeil. Mais chacun assurait l'autre de ressentir la mort approcher quelques jours avant.

J'observais les couples de corbeaux que j'apprivoisais depuis des années, leurs vols complémentaires, leurs façons de chasser de concert. Cela faisait plusieurs générations d'oiseaux qui gravitaient autour de moi, et pourtant, c'est comme si je me trouvais en face des mêmes et uniques individus, depuis toujours. C'est comme si les oiseaux se transmettaient de génération en génération leur connaissance de l'humain que j'étais.

C'est ainsi que j'ai compris que Virginia et moi étions de la même espèce. Je n'arrive pas à exprimer le lien que j'y ai vu clairement à ce moment, mais ce fut une évidence. Je suis rentré à notre cabane, marchant lentement. Une douleur au genou était apparue depuis quelque temps, comme à chaque fois que j'avais approché l'âge limite.

Virginia était assise sur le banc extérieur, emmitouflée dans une couverture, à regarder le soir tomber en m'attendant.

Je me suis assis près d'elle, je lui ai souri et confié qui j'étais.

Je n'étais pas étonné d'apprendre qu'elle avait tiré les mêmes conclusions que moi, elle aussi. Nous possédions tous les deux le même don, la même malédiction, peut-être.

Mais cette fois, nous nous étions trouvés, ensemble, réunis pour la première fois dans l'une de nos vies.

Et le cours de nos futures existences allait changer, désormais. Nous avons passé la nuit à nous raconter nos passés, enlacés sur notre lit. Au matin, nous nous sommes éveillés avec la même idée : à partir de ce jour, nous ferions tout pour nous retrouver à nos vingt ans, pour passer nos vies futures ensemble. Notre amour flamboyait d'une intensité immense, augmenté par la perspective de se rejoindre dans des corps jeunes, remplis de vitalité.

Pour la première fois de mes vies, j'allais avoir la possibilité de retrouver mon amour, revivre ma jeunesse, une vie entière encore avec elle.

Il suffisait de se retrouver. Mais où ?

Nous ne savions jamais où nous allions réapparaître, ni sur quel continent ni dans quel pays.

Il serait difficile à deux enfants de quatre ans de partir comme des adultes à la recherche de leur amour perdu sans éveiller des interrogations.

Nous avons donc convenu de nous rejoindre pour nos 20 ans, dans certaines capitales, laissant des indices dans des cathédrales.

Nous étions en train de parfaire les détails, d'organiser un système de messages secrets quand je suis mort la nuit suivante.

Plus tard, elle m'a raconté avoir enterré mon corps qui a sans doute disparu trois jours après, la terre de ma sépulture s'étant soudainement affaissée sur elle-même.

Elle m'a suivi dans la mort quelques semaines plus tard. Moi, je devais déjà être un enfant quelque part sur la Terre, à faire semblant de grandir et m'épanouir.

Malheureusement, rien ne s'est passé comme nous le pensions. Nous avons mis presque un siècle à nous réunir. C'était en 1880 à Philadelphie. J'avais 40 ans ; Abigail, c'était son nom désormais, était âgée de 50 ans.

Plusieurs vies nous avaient séparés depuis les Montagnes Bleues, mais pourtant, chacun avait attendu l'autre, sans prendre de conjoint. Abigail était une demoiselle comme il se disait à l'époque. Elle avait hérité de la fortune de ses parents adoptifs et avait elle-même recueilli plusieurs orphelins.

Je suis arrivé un soir devant sa propriété. J'avais trouvé un de ses messages, caché dans une église de Boston. Nous avons passé la nuit ensemble, en secret de ses domestiques. J'étais un cousin éloigné, officiellement.

Je l'appelais toujours Virginia, conservant l'usage du prénom qu'elle portait à notre première rencontre.

Virginia adorait ses enfants, nous envisagions de mener une douce existence au milieu d'eux quand le destin m'a frappé. J'ai été renversé par une diligence et j'en suis mort sur le coup. Je suis réapparu sur la côte sud de l'Australie, à des milliers de kilomètres de Virginia et ses enfants. Imaginez ma douleur de comprendre que nous aurions désormais 50 ans de décalage. Cette douleur s'amplifiait en imaginant la sienne de m'avoir enseveli, me sachant revenir enfant loin d'elle.

Sa plus grande peur, m'a-t-elle confié plus tard, aurait été de me rencontrer enfant à ce moment-là. Elle était terrorisée à l'idée que quelqu'un lui parle d'un enfant trouvé et que ce fût moi qui sois présenté à elle. Comment s'aimer, moi enfant et elle une femme dans la force de l'âge ? Cela aurait été une torture pour nous deux.

Fort heureusement, j'étais loin, si loin que je mis presque 20 ans pour revenir à Philadelphie. Je n'étais jamais réapparu dans ce pays si vaste, l'Australie. Je n'y disposais d'aucune ressource cachée. En effet, depuis toujours, je sème des caches lors de mes vies. Ce sont des pièces d'or enfouies, des armes et plus tard des billets, des comptes en banque, que je répartissais sur les continents au fur et à mesure de mes vies. À force d'en oublier certaines, j'avais pris l'habitude de laisser des indices sur des morceaux de papier placés dans des tubes d'acier dissimulés dans les fers ouvragés du chœur des cathédrales. J'ai passé une existence comme maître ferronnier, travaillant sur plusieurs édifices religieux d'Europe. C'est à ce moment-là que j'ai pensé à inventer ces pense-bêtes. J'étais sûr que les cathédrales ne seraient détruites ou remaniées qu'après plusieurs décennies. Cela me laissait le temps de pouvoir revenir.

Mais cette fois, en Australie, je n'avais aucune ressource cachée, simplement ma force de travail. Je mis des années à réussir à partir, prendre un bateau pour l'Europe, durant des semaines de mer. Là, j'ai déterré de l'argent pour m'offrir le voyage vers les États-Unis.

J'avais 24 ans à peu près, je suis parti pour Philadelphie dès mon arrivée à New York, empruntant un train à vapeur.

Nous étions en l'année 1900, Virginia était âgée de 50 ans en 1880, le calcul était rapide à faire. Si elle n'était pas déjà morte, il ne lui restait malheureusement pas beaucoup de temps. Elle devait le savoir, moi aussi.

Je suis entré en ville à la hâte, sonnant au soir à sa porte, bousculant les conventions et les usages. Ses domestiques et son fils ne voulaient pas me mener à elle, menaçaient de chercher la police ou de prendre un fusil si je continuais à secouer leur grille de la sorte.

Puis ce fils m'a observé en levant sa lanterne et a cru reconnaître une ressemblance avec ce cousin éloigné de sa mère décédé 20 années plus tôt. Sa mère avait été si triste durant des mois qu'il m'a demandé si j'avais un lien de parenté avec lui. J'ai évidemment prétendu être le fils de cet homme mort sous les roues d'un attelage. La connaissance des détails de la mort décida le fils d'Abigail à ouvrir la grille. Il alla informer sa mère de ma présence dans le vestibule d'entrée où je restai sous bonne garde des domestiques.

Il revint me chercher en courant, blanc comme un linge, pour m'accompagner dans la chambre de sa mère adoptive, qui lui demanda de nous laisser. Elle sut calmer sa stupeur, lui promettant des explications dans quelques jours.

Virginia était alitée. Elle me regardait de ses yeux bleus à l'éclat conservé malgré l'âge.

Elle savait qu'elle n'avait pas plusieurs jours devant elle. Les premiers signes s'étaient fait sentir, Virginia allait quitter cette vie, pour une autre.

En théorie, 46 années environ nous séparaient. Elle était âgée de 70 ans, je la retrouvais à l'âge où je l'avais quittée lors de notre unique vie commune. Elle était la même, souriante, assise dans son lit, tenant ma main. Elle m'avait pleuré des mois devant ses enfants adoptifs, témoins et raisons inconscientes à la fois de son abnégation à poursuivre cette vie jusqu'à son terme.

Chaque jour depuis 20 ans, Virginia savait qu'elle marchait vers sa mort tandis que moi, je cheminais vers l'autonomie et la capacité de la rejoindre. Elle m'avait espéré depuis plusieurs années, s'interrogeant sur l'endroit de mon retour.

Alors voilà, j'étais enfin arrivé à elle… termine Lucas en souriant tristement.

Il boit une gorgée de café, grimace en regardant le fond de la tasse. Sabine observe le jeune homme en silence. Des larmes coulent de ses yeux. Elle aussi boit son café. Elle pose sa tasse et change de position, posant son menton contre ses genoux pliés, ses bras enserrant ses jambes.

— Que s'est-il passé ensuite ? demande-t-elle dans un murmure.

— Je suis resté avec elle toute la nuit, allongé contre son corps, peau contre peau. Nous nous sommes raconté ces 20 années à nous attendre, à nous espérer, et aussi le siècle écoulé depuis les Montagnes Bleues. Nos mains enlacées, nous avons pris conscience que nous étions en décalage, mais nos avis différaient sur la façon de « recadrer » nos âges, si je puis dire.

Virginia voulait que je l'attende, que je m'installe à Paris, notre point de ralliement serait Notre-Dame, la cathédrale. Elle me rejoindrait au plus vite, nous n'aurions que 20 années de décalage maximum, ce ne serait pas tant que cela. Pour moi, c'était encore trop que ces 20 années de différence. Je ne voulais pas vivre sans elle, patienter 20 ans, me voir vieillir, risquer de mourir encore d'accident ou dans une guerre. Je ne voulais pas attendre ; pour cela, j'avais une solution, plutôt radicale, dont elle ne voulait rien entendre.

C'était la meilleure des solutions pour moi, celle qui avait le mérite de nous remettre en phase et de nous retrouver, à Paris, pour nos 20 ans justement, mais ensemble, au même âge.

Virginia refusait, n'y voyait que de la souffrance inutile, tandis que pour moi, c'était l'attendre qui ne serait que souffrance. Finalement, elle m'a laissé décider, voulant profiter de ses derniers jours avec moi sans nous opposer. Elle avait parfaitement raison. Nous avons savouré chaque instant ensemble, projetant nos retrouvailles dans la capitale française. Nous avons élaboré plein de stratagèmes pour pouvoir nous passer des messages, via les rubriques des petites annonces, par exemple. Le monde était totalement connu, les moyens de communication et de transports faciliteraient notre rencontre programmée.

Je me suis endormi dans ses bras. Au matin, elle passait sa main dans mes cheveux quand je me suis réveillé. J'ai compris en la regardant que la terrible échéance était pour bientôt. Je reconnaissais les signes avant-coureurs, les rictus de douleur, la tristesse dont les yeux se voilent. Même en sachant que vous allez revenir, la mort vous emplit de tristesse et vous terrifie. Virginia passa sa journée avec son fils et ses autres enfants adoptifs, déjà parents eux-mêmes. Elle me présenta à tous comme le fils de ce défunt cousin qu'elle aimait tant.

Nous avons passé une journée merveilleuse, entourés des siens, comme un unique échantillon de ce qui aurait pu être notre vie ensemble à Philadelphie, si cet accident ne m'avait pas ravi à celle que j'aime.

La nuit suivante, je suis venu la rejoindre dans sa chambre, par la fenêtre. Son fils et sa femme ne dormaient que d'un œil ; ils étaient quelque peu interloqués par mon arrivée soudaine dans la vie d'Abigail et de la façon si chaleureuse dont j'étais accueilli.

C'était la dernière nuit de celle que je continuais à appeler Virginia. Elle est morte dans mes bras, au milieu de la nuit.

J'ai mis deux heures à accepter de la quitter, regagnant ma chambre avant les premières lueurs. Au matin, j'ai feint la surprise d'apprendre sa mort et laissé mon chagrin éclater. Le médecin constata le décès et son corps fut enterré au plus vite. Notre corps disparaît généralement au bout de trois ou quatre jours. Je suis venu déposer une fleur bleue sur sa tombe le jour de mon départ de Philadelphie. Sans doute Virginia était déjà réapparue quelque part ailleurs à la surface de la Terre. J'ignorais où et il était hors de question pour moi de l'attendre et vivre sans elle.

J'ai rejoint la ville de Boston, je savais y trouver ce qu'il me fallait. Je ne suis pas un adepte du suicide, directement, je veux dire.

Je suis donc descendu dans les bas-fonds de la ville. J'ai vite trouvé une équipe du gang local, qu'il m'a été facile de désarmer à mon profit.

Je les ai tués en guise de déclaration de guerre au reste de la bande. J'étanchais ma colère d'avoir perdu Virginia et je rendais un service à la communauté en la débarrassant du maximum de mauvais garçons que je pourrais emmener avec moi dans la tombe.

Ils mirent trois jours à m'avoir. Je tuai 36 des leurs ; une moyenne de douze par journée, comme le constatèrent les policiers locaux, ravis de compter les points dans ce qu'ils nommaient des règlements de comptes.

Dix jours après le départ de Virginia, je revenais à mon tour, reconnaissant entre mille l'odeur de la vieille Europe. J'étais en Bavière, dans l'Empire allemand. J'avais rendez-vous avec Virginia pour nos vingt ans, à Paris, à Notre-Dame. Nous étions toujours en 1900. Le monde changeait, j'avais été recueilli par une famille aimante et bonne. Je vivais une fois de plus une enfance où je tâchais de me rendre discret, malgré la maturité qui transpirait de moi comme à chaque fois.

J'étais confiant dans ma stratégie et je me réjouissais de faire la surprise à Virginia d'être aussi jeune qu'elle en 1916, quand nous nous retrouverions à Paris. Au fond, je n'avais pas de doute sur le fait qu'elle savait que je choisirais la mort moi aussi après la sienne à Philadelphie, termine Lucas en souriant.

— C'est à ce moment-là que vous êtes revenu en tant que Günther Wolf, n'est-ce pas ? demande Sabine.

— Oui, mais rien de ce qui avait été prévu ne s'est réalisé. Le monde était vaste, certes, mais connu dans son ensemble. C'était pour moi la meilleure garantie de se retrouver au plus vite avec Virginia. Je n'avais pas anticipé une nouvelle donnée. Le monde connu était vaste, il avait bien grandi, mais les conflits entre nations aussi. Les guerres n'étaient désormais plus déclenchées entre deux ou trois pays, elles devenaient mondiales, et nous allions vivre la première d'entre elles, la Grande, comme elle fut bêtement baptisée. Quatre années de boue et de mort allaient me séparer de Virginia. Mais en 1900, dans les si belles forêts bavaroises, je ne le savais pas encore.

17

Le Front, 1918

Sabine se lève du canapé et va chercher le dossier *John*, posé sur son bureau.

Elle l'ouvre et tend la copie de la photo du jeune Günther. Lucas la prend de sa main et sourit, le regard lointain, comme perdu dans ses souvenirs. Il reprend le fil de son récit une fois que Sabine a retrouvé sa place sur le canapé en face de lui.

— Je me souviens du jour de cette photo. Mais il me faut remonter à plusieurs années auparavant. Quand je suis réapparu en Bavière, c'était au bord d'un lac. Un forestier m'a trouvé et conduit au Burgmeister de la ville la plus proche. Je restai vague sur l'endroit d'où je venais, en adéquation avec mon âge théorique de quatre ans. Je savais comment me comporter depuis mille ans pour me faire passer pour un enfant perdu et traumatisé.

Finalement, le vieux Burgmeister m'a gardé chez lui, avec son épouse. Ils étaient des gens rigides, mais bons. Leurs propres enfants étaient déjà grands, mariés pour certains. J'ai grandi avec eux sans heurt ni différend. J'étais un enfant indépendant, secret, mais très sage et obéissant, une réussite formidable pour leurs principes d'éducation très germaniques. Je savais comment me comporter pour inspirer la confiance, ne pas décevoir et ainsi obtenir de l'autonomie, c'est-à-dire de la liberté.

Mon comportement premier, qui avait été farouche, m'avait rapporté de recevoir le patronyme *Wolf*, le loup.

Il me convenait bien. J'étais un loup solitaire, je passais la plupart de mon temps libre dans la forêt qui bordait le village. Je guidais mon père adoptif pour des parties de chasse avec ses fils. Moi qui avais connu les traques du gibier avec les Indiens Croatans dans les Montagnes et forêts de Virginie, j'étais un merveilleux rabatteur, d'une efficacité redoutable.

Jamais je n'oubliai que Virginia était également une enfant de mon âge, se préparant elle aussi à rejoindre Paris. Où était-elle ? Je ne le savais pas. J'avais obtenu de pouvoir chevaucher chaque semaine pour Munich, pour faire quelques courses pour mes parents adoptifs. J'avais la chance que le vieux monsieur lise parfaitement l'anglais et le français, qu'il m'enseignait. Je les parlais mieux que lui, il est vrai, mais je lui laissais le plaisir de croire que sa pédagogie faisait merveille.

Ne vous trompez pas, j'aimais ces gens sincèrement ; ils m'avaient nourri et protégé toute cette enfance avec eux. Je faisais tout pour rendre leurs vieux jours agréables et j'envisageais avec tristesse de les quitter pour rejoindre Virginia. J'imaginais des prétextes pour qu'ils comprennent mon envie de voyager. Le Burgmeister lisait donc les journaux britanniques que j'allais quérir pour lui à Munich. Ils servaient de support à notre cours d'anglais quotidien. Je les passais en revue pendant mon trajet retour, scrutant les pages des petites annonces. Je n'avais pas encore réussi à faire passer pour ma part une annonce dans un quotidien allemand. C'était trop risqué pour moi, j'aurais trop attiré l'attention. Puis les journaux français ne sont plus venus et la guerre a été déclarée après l'attentat de Sarajevo.

Beaucoup d'hommes ont été envoyés pour les tranchées, une guerre de plus pour moi.

Je suis parti pour la guerre à la fin de l'année 1916. Le Burgmeister avait trafiqué mon acte de naissance d'enfant trouvé pour retarder ce moment, prétendant que je n'avais que 18 ans.

J'arguai que j'avais 20 ans et réclamai de faire mon devoir. En fait, la troupe m'enverrait en France et me rapprocherait de

Paris. Être engagé volontaire, c'était choisir son affectation, je n'avais absolument pas envie de finir dans un U-boot loin de Paris.

D'autant que j'avais enfin trouvé un premier message de Virginia en 1916 dans les petites annonces du *Times*, d'un exemplaire de 1914. Elle s'appelait Sandy et habitait Londres. Encore les Anglais entre nous, une fois de plus.

J'ai finalement retrouvé la vie de soldat sans aucune appréhension. Je me suis lié d'amitié avec Heinrich, notre Feldwebel, casque à pointe, saucisses et schnaps.

Mais c'était surtout un guerrier, comme moi.

Mes ancêtres vikings l'auraient sans aucun doute adopté.

Ensemble, nous avons mené des actions de renseignements et de guérilla dans notre secteur. Avec mes siècles d'expériences guerrières, je n'ai pas tardé à devenir une légende. Je menais ma propre guerre au milieu de celles des autres. Pour moi, tuer des ennemis, peu importe leurs nationalités, me rapprochait de Virginia, celle que j'avais perdue depuis trop longtemps, la seule comme moi, la seule que je pouvais aimer avec l'espoir de la revoir. Toutes les autres femmes que j'ai aimées au cours de mes vies restent des souvenirs… plus ou moins heureux, dit Lucas en baissant la voix.

— Que s'est-il passé dans l'Argonne ? demande Sabine sans remarquer la gêne du jeune homme.

— Par mes nombreuses incursions en face, parfois en revêtant l'uniforme d'un mort pour intégrer les lignes ennemies, j'avais obtenu le renseignement qu'une offensive se préparait, de concert avec les Américains, fraîchement débarqués. L'Europe n'en pouvait plus, les armées étaient exsangues. Comment me reprocher de tuer des fantassins un par un alors que des canons donnaient la mort par milliers, sans aucune chance de défendre sa vie dans un combat à armes égales ?

C'est en volant des documents à ceux d'en face que je suis tombé par hasard sur un second message de Virginia, au milieu d'un journal anglais. Je me souviens du texte exact, que je gardais précieusement sur moi, le chérissant à mes moments de solitude.

Sandy. Londres, je serai à Paris pour tes 20 ans. Je t'attendrai. Signé V.

Ces simples lignes ont redonné vie à l'espoir que j'avais perdu, pris au piège d'une guerre longue comme je n'en avais jamais vécue.

Le journal datait du début de l'année 1917. J'avais compris qu'elle se rapprochait de Paris après avoir quitté Londres. Nous étions morts en 1900, revenus à l'âge de quatre ans, pour notre comptabilité personnelle, j'avais déjà atteint les 20 ans. Nos accords étaient d'attendre l'autre une fois que nous serions parvenus dans la dernière capitale choisie, Paris, cette fois. Elle m'attendait, j'étais dans l'Argonne ; le front et un million de soldats me séparaient de celle que j'aimais.

Une offensive se préparait, je me sentais en confiance. Je n'éprouvais aucune peur de la mort ou la douleur, je les avais tant endurées déjà. Seuls comptaient Virginia et mon choix de toujours respecter *Tÿr*, le Dieu de la Guerre Juste. Je parle de ma Guerre, mon existence, celle de 14-18 n'avait rien à voir avec mes convictions.

Je me battais pour protéger ma vie, rejoindre la femme que j'aimais, dont j'avais été séparé plusieurs fois par l'inconséquence des hommes. J'ai accueilli l'offensive comme étant la possibilité de progresser vers Paris.

— Pourquoi ne pas avoir passé les lignes pour rejoindre Paris, puisque vous le faisiez parfois et parliez plusieurs langues sans accent ? demande Sabine, très pragmatique.

— D'abord, il aurait été difficile de justifier ma présence trop longtemps dans un régiment où personne ne m'aurait reconnu et pu décliner mon identité. Sans papiers en règle, je n'aurais pas réussi non plus à quitter le front pour l'arrière sans être arrêté comme déserteur. La gare de l'Est était à l'époque sous contrôle total. Un soldat réussissait à travestir une permission de quelques heures dans une ville proche du front, pour prendre un bain ou faire des achats rapides, pas pour plusieurs jours, surtout à Paris. Et puis, respecter la Guerre Juste, c'était également être fidèle à son camp. Je faisais la guerre dans l'armée du Kaiser, je la gagnerais ou la perdrais avec mes camarades allemands.

Ce n'est pas pour cela que je commettrais toutes les exactions que légitimeraient mes chefs, si c'est ce que vous voulez m'opposer. La responsabilité individuelle de ce que je fais reste la mienne, c'est cela aussi, le respect de *Tÿr*. Fort heureusement, je ne suis pas revenu à la vie dans l'Allemagne nazie.

Mais en septembre 1917, je pouvais être fier d'être un guerrier fidèle à *Tÿr* et mes ancêtres.

J'ai ramassé mes armes, Heinrich avait mangé et bu comme avant chaque bataille. Il désirait mourir le ventre plein, c'était sa seule exigence personnelle. Il était un très bon sous-officier, proche de ses hommes et soucieux de leur bien-être. Nous avions fait cette photo en rentrant d'une courte permission, chacun son portrait, avec un troisième camarade. C'est lui qui a dû récupérer les tirages, car Heinrich est mort avant moi, ce jour-là. Les bombardements avaient commencé dans la nuit, comme à chaque fois. Nous avions quitté les premières lignes pour les abris bétonnés. Nos guetteurs nous ont téléphoné au début de l'offensive. Nous avons regagné les postes de tir des premières tranchées quand les chars sont apparus sur l'horizon bas. C'était la nouvelle arme, celle qui permettait de franchir les réseaux de barbelés en sécurité pour les fantassins qui donnaient l'assaut.

Nos officiers ont compris la menace et ont évacué progressivement les lignes pour demander à notre artillerie d'agir. Je crois que nous avons perdu du terrain ce jour-là, mais que le front s'est figé ensuite, jusqu'à l'armistice. Mais je ne sus jamais cela, ce ne sont que les livres d'histoire qui me l'ont appris beaucoup plus tard, deux vies plus tard.

Les tanks ont tôt fait de percer notre première ligne. Heinrich a été blessé par des éclats de bombe. Deux soldats l'ont déposé devant moi, dans la casemate de nos mitrailleurs, tués par un précédent obus. Heinrich a donné l'ordre de rejoindre les bunkers et voulait que je l'abandonne avec la mitrailleuse. Il pissait le sang d'une plaie au dos sans même s'en rendre compte. J'ai rechargé l'arme lourde et j'ai fait feu sur les soldats ennemis. Je voulais les ralentir et me replier à mon tour en emmenant Heinrich. Il est mort très vite, j'ai été le dernier soldat en action, tous les tanks m'ont tiré dessus. Je suis parti sans voir la mort arriver.

— Est-ce que… Est-ce que c'est douloureux ? hésite Sabine.

— Pas cette fois, je n'ai pas eu le temps de ressentir de la douleur. J'étais dans le combat, je ressentais l'adrénaline exacerber tous mes sens à la fois. Je sentais l'odeur de la poudre que crachait la mitrailleuse, la chaleur du métal sur mes mains. Je percevais la senteur métallique du sang de Heinrich, le parfum de sa sueur, la puanteur de la mort, des chairs humaines pulvérisées, cuites. Le bruit était assourdissant, également. Et pourtant, j'entendais le Feldwebel respirer fortement, ses ongles gratter le béton de l'abri, comme pour tenter de s'y enterrer…

Puis, soudainement, plus rien. Ni bruit, ni odeur forte, ni lumière ou éclair aveuglant. Rien, la douceur du jour qui se lève à peine.

J'ai compris que j'étais mort sur le champ de bataille et que je réapparaissais loin de Paris ou de ceux à qui je venais de livrer bataille.

J'étais arrivé en Suède, où je suis mort jeune dans l'incendie de mon orphelinat. La fumée âcre et noire, une fois de plus. Encore un silence brutal, puis un clapotis ténu et le sable qui crisse sous mes petites chaussures. J'ai reniflé l'air, les effluves de l'océan. Je savais où j'étais, le Nouveau Monde, la côte est des États-Unis.

J'ai eu confirmation en apercevant au loin le bras levé de la statue de la Liberté.

Mais surtout, j'étais à des milliers de kilomètres de Virginia, une fois de plus en décalage d'âge avec elle, sans aucune idée de comment et quand j'allais pouvoir la recontacter.

Je suis tombé sur mes petits genoux potelés, pleurant de rage. Mes cris ont attiré l'attention, je me suis retrouvé dans une voiture de police. Après une enquête sans succès, la protection de l'enfance m'a confié à un orphelinat catholique du Bronx.

— Vous êtes devenu John Woods ! s'exclame Sabine.

— Oui, c'est Sœur Fanny, une religieuse française, qui a choisi ce nom pour moi, il en valait bien un autre. Je me suis lié d'amitié avec elle, elle me parlait français, me racontait ce Paris que je n'avais pas vu depuis 30 années au moins. Je lui demandais des journaux, de me montrer des photos. J'espérais y lire une annonce de Virginia. J'ignorais tout de son destin. Était-elle toujours Sandy ? Quel âge avait-elle ?

Pour la première fois, je n'accueillis pas un retour comme une immense chance, la possibilité de tout recommencer, de m'améliorer. Pour la première fois, j'y ressentais de la peine, j'y voyais la contrainte d'être enfant et sans Virginia. Notre dernier baiser remontait à 1900, quand elle était morte dans mes bras à Phily. Nous étions en 1929 à New York, j'avais cinq ans officiellement et l'économie du Monde allait bientôt se casser la gueule, préparant la prochaine guerre mondiale, après le désastre de la première.

— C'est pour tenter de la rejoindre que vous vous êtes engagé volontaire, dit Sabine en sortant le portrait de John en parachutiste en 1944.

— Oui, répond Lucas.

— Les deux photos sont authentiques, alors, d'abord Günther en 1918, puis John en 1944, je le savais, sourit amèrement Sabine.

— Vous m'avez donné du fil à retordre, comme on dit, Sabine. Non, ne m'interrompez pas, s'il vous plaît, je vais continuer. Vous allez voir que vos découvertes pourraient avoir de graves conséquences si elles étaient ébruitées. J'ai tout fait pour que cela reste invisible, dilué dans les intox d'Internet.
Je me suis donc engagé en 1943, à 19 ans. Les parachutistes étaient les nouvelles troupes d'élite. Ils étaient largués au-delà des lignes, j'y voyais le moyen d'aller au plus près de mon objectif : Paris. En l'absence de nouvelles de Virginia, notre dernier lieu de ralliement restait inchangé, c'est ce que nous avions prévu en 1900. Paris, je voulais aller à Paris. Virginia aurait sans doute laissé un message dans la grille du chœur à Notre-Dame. Plus de 20 années s'étaient écoulées depuis le rendez-vous manqué. Qu'était-elle devenue ?
J'avais écrit une annonce dans un journal de New York, mais je doutais qu'elle parvienne dans le reste du monde.
L'Oncle Sam m'offrit le voyage jusqu'en Europe, du moins au Royaume-Uni dans un premier temps.
Nous avons préparé durant des mois le débarquement, depuis l'Angleterre. J'ai même retrouvé la campagne du Kent lors d'un entraînement. Le sergent Garrett que vous avez choisi pour votre travail de mémoire était un chic type. Il mérite d'être mis en lumière, vous ne vous êtes pas trompée.

— Comment est-il mort ? demande Sabine.

— Il a été mitraillé en l'air par une patrouille allemande, tué avant même de toucher le sol de France.

— C'est horrible, murmure Sabine.

— Il n'a pas été le seul, cela aurait pu m'arriver également, malgré toutes mes décennies de soldat derrière moi. C'était la mort aveugle, la roulette russe. J'ai tué ceux qui l'ont abattu.

— Et vous, quand êtes-vous mort ? demande Sabine en souriant devant l'irréalité de sa question.

— Le lendemain du débarquement, le 7 juin.

J'étais enivré par les senteurs du printemps en Normandie. C'était le continent, les parfums étaient si différents de ceux de la vieille Angleterre ! J'avais l'espoir de rejoindre Paris en un seul morceau. J'étais un très bon commando, mortellement efficace.

Et puis les compagnons d'armes, l'expérience du combat durant tant de vies m'ont fait devenir une fois de plus un héros malgré moi, un héros mort. Je me suis sacrifié pour protéger mes gars, je ne savais rien de Virginia, je menais la Guerre Juste.

— Votre corps n'est plus au cimetière d'Omaha, comment est-ce possible ?

— Non, puisque je suis là, répond en souriant Lucas.

— Personne ne s'en est jamais rendu compte ?

— Aucune idée. Au bout de trois jours, mon corps disparaît, c'est ce que m'a rapporté Virginia après notre vie dans les Montagnes Bleues. À Colleville, je ne pense pas que toutes les tombes soient réellement celles que le prétendent les croix. Certains corps n'ont jamais été identifiés et, au contraire, certains corps n'ont jamais été retrouvés, bien que des preuves du décès furent indiscutables. Et les dépouilles ont été plusieurs fois inhumées et exhumées lors de la construction du cimetière définitif.

Mais je n'avais que faire de cela. Ce qui m'a anéanti, ce fut de me réveiller une fois de plus loin de l'Europe. Je suis revenu à la vie en Argentine pour décéder encore enfant, en 1948, à l'âge de huit ans.

— Huit ans !

— L'après-guerre a été difficile pour des milliers d'orphelins. Souvenez-vous que je refusais d'être la victime des adultes, je défendais chèrement ma peau. Un enfant n'a pas le physique contre un adulte armé d'un couteau. Enfin bon, cette fois également, je ne suis pas parti seul, j'en ai emporté deux ou trois avec moi, termine Lucas avec un rictus féroce.

— Si je compte bien, vous êtes réapparu en tant que Franck Smith, présumé né en 1944, 25 ans en 1969 donc, selon l'article du journal, propose Sabine.

— Oui, c'est exact. Après la parenthèse Argentine, je suis revenu aux États-Unis, près de Chicago, au bord du lac Michigan.

J'étais désespéré de ne plus rien savoir de Virginia. Nous avions perdu le fil l'un de l'autre. Je ne savais plus quoi faire pour la joindre ni si nous arriverions un jour à nous réunir au même âge. J'ai tenu dans ma détermination, m'accrochant à l'espoir. Paris, ce serait Paris, encore et toujours.

J'ai été confié à un couple, déjà parents de leurs propres enfants, Mrs et Mr Garrisson.

J'ai mené une enfance discrète, faisant tout pour ne pas déranger leur « vie à eux ». Ils avaient fait les démarches pour être famille d'accueil avant de devenir parents, renouvelant leur demande sans trop réfléchir. J'ai débarqué dans leur quotidien sans qu'ils y soient assez préparés, mais ils ont assumé leur choix. J'ai vite compris cela, c'est pourquoi je tâchais d'être le plus réservé du monde. Je travaillais bien à l'école, je suis devenu livreur de journaux le plus tôt possible. Je gagnais de l'argent et j'avais ainsi accès à beaucoup de quotidiens pour chercher un signe de Virginia.

J'ai décroché une bourse pour une université moyenne, quittant les Garrisson. Le couple a accepté de nouveau un petit pensionnaire de 9 ans, placé en protection chez eux. Je le voyais lors de mes visites au couple, pour Noël, Thanksgiving ou l'été. Il voulait que je remplace son père inconnu et m'appelait Papa. Je l'appelais Fiston en retour.

Une nouvelle guerre est passée par là, celle du Vietnam, cette fois. J'y ai fait trois séjours, trois tours, comme il se disait en ces années-là. J'ai fait souvent escale en Allemagne, m'offrant une permission à Paris et sa cathédrale à chaque fois. J'ai laissé plusieurs messages avec mon adresse dans la grille du chœur, sans réponse, jusqu'à la fin de mon dernier séjour.

De Stuttgart, j'ai fait l'aller-retour en France après avoir vu la photo de Virginia dans un journal allemand. Son visage s'affichait en pleine page. Elle semblait avoir une trentaine d'années, souriante, un appareil photo passé autour de son cou. L'article relatait sa mort en tant que reporter de guerre dans une zone de combat interdite à la presse. J'étais bouleversé. J'ai trouvé son message à Paris. Elle y avait été en poste de correspondante pour plusieurs journaux avant de demander à partir couvrir le conflit vietnamien. Sans doute pour me rejoindre. Elle m'écrivait que ses lettres lui avaient été renvoyées par mon campus universitaire, précisant que j'étais appelé sous les drapeaux. Elle était américaine elle aussi, nous aurions pu nous rencontrer lors de nos études.

Une fois de plus, nous étions séparés, pourquoi continuer à nous chercher ? Il nous suffirait de vivre pour soi, sans but, en essayant de mener une existence sans l'autre… et pourtant. Pourtant, je n'avais pas cédé à cette tentation, Virginia non plus. Depuis près de deux siècles, nous ne vivions que pour renouer avec l'autre, sans aucun autre but dans nos vies. Je n'avais pas vécu avec d'autres femmes, ni connu aucun autre amour.

Je suis rentré à Chicago, l'armée m'avait libéré sans grand ménagement pour avoir dénoncé ses tortionnaires. Je pouvais reprendre l'université, mais je n'étais qu'amertume. Virginia recommençait une vie quelque part, à moi d'avoir plus de 20 années qu'elle, désormais. Je n'ai pas prévenu les Garrisson de mon retour, ni le Fiston. J'ai déposé mes économies dans leur boîte pour son éducation durant la nuit et j'ai braqué la première banque venue, suicide par destination. Je m'en voulais de faire de la peine au petit, le Fiston, car il était très attaché à moi. Virginia me manquait tant.

Je suis revenu en Irlande, considéré comme un enfant issu d'un accouchement clandestin. J'ai été placé en orphelinat d'État. J'ai démontré des capacités hors normes au cours de ma scolarité pour tenter de faire autre chose que soldat, cette fois-ci. J'ai été envoyé à l'université de Dublin en mathématiques. Un jour, à la cafétéria, un étudiant américain s'est assis à ma table. J'étais seul en train de rédiger une liste pour préparer mon séjour à Paris. J'ai levé la tête et l'étudiant m'a dit très gentiment :

« Bonjour, Papa, c'est le Fiston… Je savais que tu n'étais pas mort. » En mille ans, il était le premier à avoir découvert mon secret. Il était inutile de nier ou mentir, il savait qui j'étais.

Nous étions en 1982, j'avais 17 ans et lui 22. Il était en dernière année de science politique. Le département d'État américain lui avait offert un poste à la fin de ce semestre universitaire.

Nous sommes sortis marcher, je lui ai conté mon histoire, le secret de mon retour à la vie.

Il m'appelait Papa quand nous étions seuls, je continuais avec Fiston. Aujourd'hui encore, termine Lucas d'un air entendu.

— Il est toujours vivant ? s'étonne Sabine.

18

1989, Berlin-Est

John se lève et étire ses bras. Sabine voit la force et l'assurance qui se dégagent de cet homme qui lui apparaît extrêmement vieux paradoxalement.

Il reprend sa place et sourit avant de poursuivre.

— Bien sûr qu'il est vivant, heureusement. Vous avez eu affaire à lui sans le savoir. C'est lui qui pilotait depuis New York votre réorientation vers le sergent Garrett plutôt que John Woods. C'est lui l'origine des photos de nos entraînements qui sont parvenues à point nommé à votre collègue Vera. Le Fiston est également votre mécène en retraite, dit Lucas avec un sourire en coin.

— Pourquoi nous aider quand même ? interroge Sabine.

— Parce que nous croyons au bien-fondé de votre démarche. Garrett mérite d'être mis à l'honneur. Et vous bloquer sur le cas de Woods sans laisser une solution de rechange entraînerait des interrogations. Il n'y a que vous qui avez eu la ténacité de poursuivre et ainsi comprendre que je faisais le ménage derrière vous, à New York ou sur le Net. L'important est ce que vous faites pour les générations futures, par ce projet pour vos jeunes. Révéler mon destin si particulier n'aidera pas la cause que vous défendez, au contraire. Je focaliserais toute l'attention sur mes retours, ma capacité à « ressusciter », comme vous dites.
Je n'ai pas envie d'être traqué. Nous avons failli l'être avec Virginia en 1989. Nos retrouvailles sont devenues une « lé-

gende urbaine », selon l'article. Ce n'est que la partie émergée de l'iceberg, croyez-moi, explique Lucas avec sérieux.

— C'est-à-dire ? Dites-moi, demande Sabine.

— À Dublin, j'ai terminé mes études de mathématiques tandis que le Fiston, Henry de son prénom, intégrait une formation en diplomatie et renseignement. Officiellement, nous étions amis d'études universitaires. Il garda mon secret, n'informant pas les Garrisson. Mais il a veillé avec moi sur leurs vieux jours.

En Europe, j'ai déterré plusieurs de mes ressources cachées pour m'installer à Londres dans l'analyse financière, puis les débuts de l'informatique. J'ai très vite revendu un brevet et disparu de ce milieu où tout le monde connaissait tout le monde. Il y avait déjà eu trop de publicité autour de mon nom. Le progrès, pour moi, c'étaient les photographies, les empreintes digitales, les films, les reportages, la télévision, les papiers d'identité de plus en plus sophistiqués. C'étaient autant de futurs problèmes à gérer en cas de retour. Imaginez que je devienne célèbre et que, 20 ans plus tard, mon sosie apparaisse. Je ne manquerais pas d'attirer l'attention et ce serait de pire en pire, vie après vie.

Le Fiston m'a bien aidé. Il était affecté dans les ambassades, à la gestion et création des passeports, vrais ou faux, pour les opérations clandestines. Il a été d'une aide très précieuse pour moi. Il m'a créé non seulement des identités de rechange au cas où, pour cette vie en cours, mais aussi des identités pour mes futurs retours, construisant patiemment des existences légales, faites de fantômes de moi.

C'est ainsi qu'après notre assassinat de Berlin-Est, pour la première fois de ma vie, j'ai pu donner un nom à la police en revenant.

— Mais que s'est-il passé à Berlin ? insiste Sabine.

— À l'aise financièrement, j'ai entrepris de faire le tour des cathédrales européennes pour laisser des messages à Virginia.

Depuis des années, Paris n'avait rien donné. Virginia était introuvable. Henry partageait mes recherches, mettant ses ressources à mon service. Jamais il n'a émis l'idée qu'elle avait pu m'oublier, il me soutenait patiemment. À cette époque, j'ai ressenti une très forte nostalgie de mon enfance, mes parents, je veux dire ma vraie enfance, la première. Je suis allé plusieurs fois au Danemark, retrouvant l'emplacement de mon village viking. C'est aujourd'hui une crique comme les autres, le niveau de la mer a monté, recouvrant une bonne partie du site. Henry avait obtenu un poste à Copenhague, à l'ambassade américaine. Il m'a fourni une nouvelle identité et je me suis installé dans ce pays. J'ai repris mes voyages en Europe, relevant les éventuelles réponses, sans succès.

En novembre 1989, je descendais vers le sud après avoir passé l'été en Scandinavie, et c'est à Paris que j'ai trouvé une réponse de Virginia.

Elle habitait de l'autre côté du rideau de fer, dans le bloc communiste. Son silence était finalement expliqué. J'ai prévenu le Fiston et je suis parti pour Berlin-Est, où elle me donnait rendez-vous. Il était peu aisé pour les Occidentaux de passer à Berlin-Est, mais j'ai débarqué de la gare en pleine chute du Mur. L'atmosphère était irréelle. J'avais comme indication de passer par un poste-frontière précis. Je la cherchais des yeux dans la foule qui se pressait pour venir à l'Ouest quand Virginia m'a appelé en allemand. Elle était en uniforme russe, belle et jeune, elle aussi. Elle a pu m'entraîner à l'écart pour m'embrasser, enfin. Elle était russe, s'appelait Tatiana et était agent dans les services secrets de l'Armée rouge, dans le service action. Elle était donc très surveillée, notamment dans ses contacts avec l'Ouest. À l'occasion d'une mission plus longue à Paris, elle avait réussi à m'écrire un message et à le déposer dans la grille du chœur de Notre-Dame. C'était le seul mouvement qu'elle avait pu tenter envers moi. Elle espérait beaucoup de la chute du Mur et avait compris que tout le bloc soviétique tomberait comme des dominos.

Elle termina son service à la frontière, une mission de surveillance essentiellement, et nous nous sommes retrouvés dans Berlin-Est à la nuit tombée. Nous parlions sans discontinuer de nos vies depuis Philadelphie, nous arrêtant seulement pour nous embrasser dans les rues désertes de la banlieue. C'est là que nous avons été photographiés, nous étions sous surveillance sans le savoir. Virginia était officière et pensait maîtriser la situation. Notre rencontre à la frontière avait éveillé la colère d'un monstre paranoïaque dont même les états de service d'une espionne ne pouvaient nous en protéger. Virginia ne pouvait sortir sans uniforme ni entrer avec un étranger dans un hôtel sans déclencher une série d'alarmes.

Elle m'a donc emmené dans un appartement, vide ou presque, une cache de son service. Le concierge était un de ses amis, un ancien soldat qui l'avait trouvée errante dans la neige vingt ans plus tôt. Nous nous croyions à l'abri pendant quelques heures. Nous avons rattrapé des décennies d'absence, des années sans pouvoir nous aimer. J'ai eu à peine le temps de lui parler du Fiston, des possibilités que cela nous ouvrait pour disparaître, nous cacher quelque part pour vivre ensemble, quand ils sont arrivés. C'étaient des tueurs du GRU, le service secret de l'armée. Virginia avait été formée avec certains ; pourtant, ces hommes n'avaient aucun état d'âme à chercher à l'éliminer. En réalité, les précautions prises pour nous retrouver avec Virginia, le fait que j'arrivais de nulle part pour rejoindre un agent soviétique à un poste-frontière de la RDA, combiné à la chute du Mur, contribuèrent à déclencher une machine infernale.

Je suis passé pour un espion américain, Virginia pour une traîtresse ; c'en était trop pour les dirigeants de son service, déjà ulcérés par la future perte de leur influence. Les soldats d'élite ont été dépêchés pour nous tuer, nous leur avons tenu tête alors que nous étions encore au lit. Deux sont morts et un troisième blessé, m'a dit le Fiston plus tard. Virginia a été tuée, moi aussi.

Trois jours après, nos corps ont disparu de la morgue juste avant notre départ pour l'autopsie à Moscou. Imaginez les interrogations. Qui avait sorti nos corps ?

Le grand frère soviétique exigeait des réponses claires de son satellite est-allemand. Les gardes furent interrogés, certains torturés à mort. À l'Ouest, l'affaire fit également des remous, mon identité inventée fut découverte, mais heureusement pas remontée jusqu'à Henry.

La Guerre froide était terminée, et pourtant, aucun service de contre-espionnage ne croyait le camp adverse dans ses dénégations de responsabilité. Un agent russe intègre avait été retournée par un inconnu venant de Paris, voyageant sous un faux passeport. Le GRU les avait tués avant que leurs corps ne disparaissent. Voilà qui avait de quoi inquiéter les Russes et intéresser les Américains.

Si pour les Berlinois cette histoire reste une légende, pour les services secrets, c'est toujours une énigme à résoudre. Vos découvertes pourraient éveiller la curiosité, surtout en révélant que des photos de l'inconnu circulent depuis presque cent ans à travers le monde. Virginia pourrait également être en danger. En détectant vos recherches, nous avons cru avec Henry que c'était justement un de ces services qui opérait. Je vous ai localisée assez vite et j'ai compris en vous voyant dans la rue que vous meniez une démarche privée.

— Que s'est-il passé ensuite ? Vous m'avez dit que vous aviez pu donner votre nom à la police, c'est cela ?

— Oui, je suis revenu dans les rues d'Anchorage, en Alaska. Une fois le pays identifié, j'ai donné un nom et prénom de ma petite voix d'enfant. Le Fiston avait prévu un scénario, le nom de famille correspondait à un couple d'illuminés en fuite, recherchés par le FBI depuis des années. Tout était faux, mais les autorités m'ont déclaré comme étant l'enfant caché de ce couple d'activistes recherchés. J'ai été confié à une famille d'accueil à New York. Henry passait me voir souvent, m'emmenait en sortie, officiellement pour m'interroger sur mes prétendus parents en fuite. Henry poursuivait de son côté les recherches de Virginia. Il a investigué tous les cas d'une petite fille trouvée sur le territoire américain, en vain. Je suis mort en 2001 lors des attaques contre les tours jumelles. J'étais dans le premier avion avec ma famille d'accueil. *Lucky guy*, comme on dit aux États-Unis.

Je suis réapparu en France, avec la difficulté de ne pouvoir passer pour un enfant abandonné sans qu'une enquête sérieuse ne se mette en marche. Je ne disais rien, mélangeant le français avec du russe ou l'anglais, pour dérouter les autorités. J'ai finalement été suivi par l'institution judiciaire sans me permettre d'être adoptable à part entière, placé dans des familles successives. À ma majorité, je me suis engagé dans l'armée. Le Fiston m'a adopté à ce moment-là, symboliquement, sur son identité française. J'ai laissé ce nom en pensant qu'il devenait trop risqué. Henry a lui aussi quitté sa seconde vie en France.

— Comme cela, vous quittez tout et c'est fini ? Il n'a pas d'enfant ? s'interroge Sabine.

— Le Fiston possède plusieurs vies sur divers continents, c'est un vrai caméléon. Sa mère l'a abandonné tout petit, son père était un drogué de passage, selon elle. Il a toujours refusé de se marier et fonder une famille, depuis son adolescence. C'est un sacré séducteur, qui préfère les maîtresses déjà mariées. Son travail lui a donné le loisir de se créer et choisir plusieurs vies, alors que le destin l'avait déposé au hasard. Il appelle papa un jeune de 20 ans alors qu'il est âgé de 60 ans, en retraite officielle depuis quelques mois seulement, partagé entre ses affaires et ses vies multiples de vieil espion. Il lui est donc aussi facile que moi de tout quitter.

— J'ai l'impression d'avoir déclenché une réaction en chaîne malgré moi, plaide Sabine.

— Vous ne pouviez pas savoir, répond Lucas.

Le silence tombe dans la pièce. Sabine observe l'arme posée sur la table devant elle. Celui qu'elle appelle John a achevé de lui conter son extraordinaire histoire.

Sabine se remémore chaque détail, évalue la véracité du récit. Là encore, sa raison vacille et ne sait que conclure, alors que son instinct la pousse à croire, accepter ce que cet homme lui a confié. Le silence devient pesant, John reste assis, l'air neutre, attendant quelque chose. Sabine bascule finalement vers l'acceptation de cette histoire incroyable, et alors, tout de suite, un autre raisonnement s'enchaîne. John semble lire sans difficulté ce qui agite les réflexions de la professeure.

Pourquoi ?

« Pourquoi m'avoir raconté son secret alors qu'il était venu chez moi armé et cagoulé ?

Si je n'étais pas revenue sur mes pas pour prendre ma carte bancaire, il ne m'aurait pas confié son histoire. Il aurait sans doute volé mon dossier et serait reparti, ne me laissant aucune preuve. Et comme ils ont verrouillé tous les sites internet, je n'aurais pas pu retr… » se dit Sabine, avant de se figer.

Elle regarde l'arme posée et l'homme assis en arrière-plan de celle-ci, toujours impassible.

« L'arme, il est entré chez moi armé. Il n'a touché que sa tasse sans ses gants. Il n'aura qu'à la laver après m'avoir… » reprend Sabine dans son monologue intérieur.

Mais elle se dit que c'est impossible, elle comprend ses précautions, ses explications qui l'ont convaincue. Sabine n'a aucune envie de lever le secret, au contraire, elle se rend compte qu'elle a contribué peut-être à mettre en danger les futures retrouvailles de John et Virginia.

Mais la question lancinante revient sans cesse, Sabine ne comprend pas pourquoi John s'est ouvert à une inconnue, prenant le risque de tout lui raconter, cela semble si peu logique.

L'homme la regarde avec bienveillance, décryptant son débat intérieur. Sabine lève les yeux de l'arme et plonge son regard dans celui de John. Il lui sourit gentiment, comme pour l'encourager à poser la question qui lui brûle les lèvres. Il n'est pas menaçant.

Sabine ne voit que l'infinie douceur qu'elle ressentait devant la photographie du parachutiste.

Alors, elle se redresse et demande d'une voix claire :

— Pourquoi ? Pourquoi moi, John ?

19

Octobre 2018

Avec la verbalisation de cette première question, c'est comme une vanne qui s'ouvrirait. Sabine se lance dans un flot d'interrogations subites, presque désordonnées.

— Pourquoi moi ? Pourquoi m'avoir raconté votre histoire alors que vous cherchez à être discret depuis toujours ? Pourquoi ne pas avoir simplement volé mon dossier ? Pourquoi avoir attendu que j'entre chez moi ? Vous auriez pu disparaître dans la nuit en entendant la clef dans la porte… Vous étiez armé, prêt à tuer. Vous auriez pu… vous avez… Je… Pourquoi ? Pourquoi chercher à me convaincre ? Vous ne me connaissez pas. Comment pouvez-vous être certain que je ne révèlerai rien de vous ? Pourquoi ? finit Sabine dans un sanglot.

— Tu n'as pas compris ? demande doucement en retour le jeune homme.

Le fait qu'il passe au tutoiement interpelle davantage Sabine que la question incertaine qu'il lui pose.

Les larmes coulent le long de ses joues.

Lucas la regarde intensément. Il poursuit ses explications.

— Tu ne te souviens pas ? Pourquoi ? Pourquoi est-ce que je te raconte mes vies en ayant autant confiance en toi ? Mais c'est simple, Sabine, parce que je te connais très bien, justement. Je te connais si bien parce que je t'ai croisée, déjà, explique Lucas en appuyant sur le mot « déjà ».

— Quoi ?! Maintenant, vous allez me dire que je suis moi aussi une revenante qui s'ignore ? Tout le monde revient, c'est ça ? Comme le Christ ! Trois jours après, hop ! Et je devrais vous croire sur parole ? s'emporte Sabine en pleurant.

— Je t'ai bien connue il y a longtemps. Sabine, au fond de toi, tu le sais, tu ressens cela depuis que tu as vu mon visage en photographie, tu le sais, plaide Lucas.

— Non, c'est trop facile de dire cela, c'est si prévisible… C'est pour me rendre folle ! répond Sabine.

L'enseignante est prête à se redresser sous la colère qui la secoue, quand Lucas se met à chanter une sorte de comptine dans une langue inconnue. Sabine s'arrête, ses jambes se coupent, elle repose ses mains sur le canapé, comme pour s'y cramponner. Elle ne connaît pas cette chanson, elle ne comprend pas ce qu'elle dit, mais pourtant, quelque part dans son esprit, elle fait écho à quelque chose de profondément enfoui. Une sensation de bien-être l'envahit, sans qu'elle n'en trouve d'explication. Lucas cesse de chanter et parle avec un accent lointain, son timbre de voix légèrement modifié.

— Tu adorais cette chanson, même si tu n'en comprenais pas les paroles. Tu aimais que je te la chante le soir devant le soleil couchant, elle te faisait penser à la mer, explique Lucas.

Sabine ne peut plus rien dire. Elle semble intégrer cette révélation avec difficulté. Elle est secouée, comme paralysée. Elle n'a été dans cet état que lorsqu'elle est rentrée chez elle et que son compagnon avait déserté leur vie. Pourtant, la douleur qu'elle avait ressentie alors n'est pas présente cette fois. Elle est bouleversée, mais, en elle, il ne subsiste aucune peur ni colère. Oui, elle le reconnaît, si elle est parvenue à écouter sagement un homme venu armé chez elle, sans en avoir peur, c'est parce qu'elle ressentait quelque chose de fort qui justement l'avait rassurée. La panique exprimée quitte son regard, Lucas s'en aperçoit et continue ses explications.

— Tu adorais que je te chante cette vieille comptine viking, même si tu n'en comprenais pas les paroles. Tu aimes les pommes rouges, le parfum des œillets : le vin blanc, lui, te rend malade, une fichue migraine et des maux de ventre. Je ne pense pas te révéler un secret en te disant que tu as été adoptée, trouvée quelque part à l'âge de quatre ans, toi aussi, dit Lucas.

— Oui, répond Sabine d'une petite voix.

Elle est submergée de sensations ; fleurs fraîches, vent humide, goût de la pomme, du vin nouveau.

— J'ai compris en regardant dans ton appartement, pardonne-le-moi, que tu sais que tu ne pourras jamais avoir d'enfant.

— Vous auriez pu savoir tout cela en enquêtant sur moi, en me surveillant, murmure Sabine.

— Tu as sur chaque cuisse un grain de beauté qui fait face à l'autre exactement. Ils se touchent quand tu serres les jambes, parce qu'ils sont parfaitement symétriques, ajoute Lucas d'une voix neutre.

— Est-ce le cas de tous les revenants ? demande Sabine sans confirmer.

— Non, c'est seulement dans ton cas à toi, Sabine.

Sabine se tait. Elle reste immobile, tournée en elle. Lucas l'observe sans impatience, lui laissant le temps d'absorber ce qu'il vient de lui révéler. Sabine ne peut imaginer comment John peut connaître l'existence de ses grains de beauté symétriques autrement que par les explications qu'il lui donne. Jamais elle n'en a parlé, pas même à Nadège qui ne s'en est jamais aperçue, à la plage, par exemple. Seuls ses parents adoptifs le savent, sa mère les avait remarqués quand Sabine était enfant. La jeune femme l'avait confié seulement à son ancien compagnon, dans un moment d'intimité.

Sabine rougit et regarde soudainement John, n'osant poser la question. Lucas fait mine d'ignorer son trouble et poursuit son récit de sa voix lointaine.

— Je t'ai rencontrée en 1702 dans le Royaume de France. Tu étais une enfant trouvée, confiée à la bienveillance des Sœurs Hospitalières de Sainte-Marthe du diocèse d'Autun. Une fois adulte, tu n'avais pas voulu prendre le voile comme te le recommandait la mère supérieure. Tu es restée dans l'hospice à t'occuper des enfants jusqu'à ce qu'un homme te demande en mariage. Tu as suivi ton mari pour un petit village dans le Charolais, à Bragny.

Quand je t'ai rencontrée, tu étais veuve sans enfant depuis plusieurs années. Tu disais avoir 30 ans environ. Tu vivais en bordure du village, préparant les fromages que tu vendais pour vivre. Tu menais une vie de labeur, sous la tutelle de ta belle-famille. Personne d'autre ne t'avait demandée en mariage malgré ta jeunesse, car tous savaient que tu ne porterais pas de descendance. L'homme que tu avais épousé avait eu lui un enfant d'une précédente union, avant d'être veuf. C'était une époque où la maladie emportait beaucoup de monde chaque hiver.

J'étais cordonnier ambulant, après avoir été soldat. J'étais sensiblement plus jeune que toi, je pense, mais nous paraissions du même âge. Le curé t'a recommandé de me loger dans ta grange, le temps que je fasse mon ouvrage pour le village. C'était de la réparation essentiellement, pas le beau travail du cuir que je réalisais en ville. Ta belle-famille ne voyait pas d'un bon œil que je partage ton repas chaque soir. Le premier jour, le curé était venu nous servir de chaperon pour dissiper les mauvaises langues et attester de ma bonne chrétienté. Je venais de l'Est, j'aurais pu être un de ces protestants qui inquiétaient tant. Je connaissais les rites catholiques, assez pour rassurer ce brave homme. Il avait compris que tu t'étiolais et que seule une rencontre avec un étranger te sortirait du triste destin qui serait le tien : une veuve à qui toutes tes belles-sœurs confiaient leurs enfants ou te demandaient de l'aide dans leurs tâches. Tu étais courageuse et ne refusais jamais cette aide. Les religieuses t'avaient appris à accepter ton sort avec abnégation, toi l'enfant abandonnée qui leur devait tout. Le père Rousset avait compris tout cela dans son infinie bienveillance. J'avais passé ma première nuit au village sous son hospitalité. Je lui avais conté ma vie de soldat, que je savais me défendre, lire et compter. C'est lui qui m'a parlé de toi, inventant une impossibilité à continuer à me loger. J'étais peu dupe de son stratagème, mais j'acceptai sa proposition avec humilité. Je savais que je ne pourrais jamais donner d'enfant, alors rencontrer une « veuve inféconde », comme il t'avait présentée, me convenait plutôt bien. Je menais une existence d'errance, sans but autre que celui de voyager et découvrir le monde.

Quand tu m'as été présentée, je ne t'avais jamais rencontrée auparavant, si c'est ce que tu veux savoir. Je n'ai compris que tu étais une revenante que ce soir, quand je t'ai observée arrivant chez toi. En dehors de mon ami Thorn, vous êtes très peu nombreux à vous être trouvés à nouveau sur mon chemin. Malgré mes espérances, je n'ai jamais croisé ni ma petite sœur, ni ma mère ou mon père, ou bien le Scalde ou Ingrid. Ce sont des rencontres rares que celles d'autres revenants, quelques-unes seulement en plusieurs siècles, comme je te l'ai dit.

En 1702, à Bragny, je te rencontrai pour la première fois, donc. Je n'étais pas en recherche d'un mariage, j'étais bien sage et poli, même après le départ du curé. Sans beaucoup de travail dans ce « village à sabots », je t'ai proposé mon aide pour la traite, mener les vaches aux prés. Je n'avais jamais fait de fromages comme les tiens, malgré mes siècles de vies. Tu m'as montré ton savoir-faire. Je te parlais de la mer, de mes voyages. Tu étais très intuitive et soupçonnais que j'étais plus qu'un simple cordonnier, « trop savant », comme tu disais en riant.

Nous avons parlé timidement les premiers jours, puis le contact est bien passé. J'ai ralenti la vitesse de mon travail, pour faire durer mon séjour dans le village, chez toi. Le curé Rousset passait nous voir souvent. Ton ex-belle-famille est devenue plus pressante. Ils ont envoyé un grand benêt tout en muscles, chargé de m'impressionner. Il m'attendait sur un chemin un soir où je rentrais tes vaches à l'étable. Il avait pris soin de venir accompagné de deux journaliers, histoire que je comprenne le message. J'ai réagi au premier mot de menace, à la manière viking : je l'ai frappé vite et fort. Un des garçons s'est sauvé avant même que je ne le regarde, l'autre a tenté une manœuvre sans conviction avant de fuir également. J'avais passé des siècles à combattre, je savais déjà tuer avec toutes les armes et les outils possibles, et surtout, avec mes mains, dit Lucas en regardant ses paumes.

— L'avez-vous tué ? demande Sabine.

— C'est drôle, ça ! Tu m'avais demandé exactement la même chose quand je t'avais raconté l'incident en rentrant le soir. Non, bien sûr, je ne l'avais pas même blessé. Sinon, j'aurais dû fuir la justice locale et ne plus te revoir. Je risquais la corde, à l'époque. Cette nuit-là, nous l'avons passée ensemble. Le curé a publié les bans le dimanche suivant. Personne n'osa contester, le Vicaire tenait bien ses ouailles et la plupart des autres habitants t'appréciaient. Je crois qu'ils étaient sincèrement heureux pour toi. L'ex-belle-famille a commencé à faire valoir ses droits sur ta petite ferme, nous les avons plantés là avec la traite à commencer. Nous avons pris l'acte de mariage rédigé par le curé et nous sommes partis au matin sur la grand-route. J'ai tenu ma promesse, je t'ai emmenée découvrir la

mer, après des semaines de marche. Nous sommes allés sur l'île de Riez, au bout de la Vendée. J'y étais revenu un siècle auparavant. Je parlais le langage local, ce qui nous aida pour nous installer dans le petit port. Je travaillais le cuir, je réparais les filets parfois. Toi, tu fabriquais tes merveilleux fromages. Le seigneur local nous avait autorisés à travailler, nous louant une petite maison près de l'auberge. Ce fut le seul grand voyage que tu fis dans cette vie. Les chemins étaient durs, dangereux, la vie rude. C'était une aventure pour toi, elle suffit à tes envies d'exotisme. Et puis la mer exerçait sur toi la même fascination que je ressentais à sa vue. Nous pouvions rester des heures à la regarder jusqu'au couchant. Il nous arrivait d'aller sur la grève pour nous baigner lorsque nous étions seuls. Nous avons vécu là jusqu'à la fin de nos jours, heureux. La maladie ne nous atteignait jamais, nous n'avons pas eu d'enfant, bien entendu. Je suis mort dans un lit, ce qui est plutôt rare. Tu es partie en 1743, sans doute à 70 ans, j'imagine. J'ai terminé mon existence deux ans après toi. Nous avons été heureux ensemble, mari et femme. Nous nous aimions, voilà pourquoi je te raconte mon histoire. Je ne l'avais pas fait durant notre vie commune. Je l'ai regretté après ta mort, je pensais que tu méritais de savoir et que tu comprendrais.
Alors, ce soir, les circonstances sont bien sûr différentes, mais j'ai voulu réparer le passé et te démontrer combien j'avais confiance en toi.

— Comment je m'appelais ? demande Sabine.

— Jeanne, répond Lucas.

— Oh mon Dieu ! Comme ma poupée d'enfance ! s'exclame Sabine.

La professeure d'Histoire sait que jamais personne n'a su le prénom qu'elle donnait à sa poupée préférée de petite fille. Sa mère adoptive elle-même ne doit pas s'en souvenir.

Sabine regarde le jeune homme en face d'elle. Il n'a pas encore 20 ans tandis qu'elle atteindra ses 37 ans l'an prochain, une éternité les sépare. Pourtant, elle reconnaît que John l'a plus qu'émue, ne serait-ce qu'en photo.

C'est vrai qu'elle n'est jamais malade…

La mer… la chanson. Sabine est prise de tournis en pensant au récit de John. Si elle croit à son histoire, et elle prend conscience qu'elle pourrait y renoncer, elle ne sait pas qui d'entre eux a le sort le plus enviable. Elle, qui revient sans aucun souvenir, recommençant tout à nouveau, sans le poids du ou des passés, ou alors lui, l'éternel soldat, possesseur d'un savoir sans limites, terrible fardeau qui s'alourdit à chaque vie qu'il mène. Sabine comprend combien l'existence de Virginia doit lui être précieuse.

Elle seule n'a pas besoin d'être convaincue, elle seule sait quel est son formidable destin, car elle seule est comme lui.

Sabine revient à son sentiment du départ, cette solitude doit être une torture à vivre.

Elle demande en souriant :

— Vous avez été beaucoup marié ?

— J'ai eu beaucoup de vies, surtout. Ce furent des vies sincères, à chaque fois. La rencontre avec Virginia après plusieurs siècles de vies enchaînées a été comme une délivrance, une évidence, explique Lucas.

— Des vies enchaînées, j'aime ce double sens, remarque Sabine.

— Fais ce que tu voudras avec les photos, Jeanne. Tu es libre de ne pas me croire. Je ne pourrai jamais te faire de mal, tu le sais bien, dit Lucas en remettant son arme dans son étui.

Il se lève et prend son blouson, se préparant à partir. Sabine se lève aussi, ne sachant que faire.

— Et toi ? Quel était ton nom ? demande-t-elle.

— Je m'appelais Claude, répond Lucas.

— Non, je veux dire ton vrai prénom, celui du début, que tu as reçu de tes parents, interroge Sabine.

— Je m'appelle Mannaz. Cela veut dire homme, être humain, mari également. Je vais sortir par la porte, Sabine. Je suis désolé pour votre fenêtre, j'ai dû l'abîmer un peu, mais elle fonctionne. Pardonnez-moi si je vous ai effrayée, je ne voulais pas, dit Lucas à regret.

— Vous avez bien fait, c'est une terrible et belle histoire, ajoute Sabine.

Lucas enfile ses gants et il attrape la poignée de la porte d'entrée. Sabine s'approche et le retient par le bras. Elle pose sa main sur sa joue, tendrement, comme le ferait une mère pour son enfant, déjà trop grand pour la tendresse maternelle.

— Pars, Mannaz, va la chercher. Trouve-la. Demain, le dossier de John Woods n'existera plus. Retrouve-la et soyez enfin réunis, dit Sabine dans un murmure.

Puis elle referme la porte sur le jeune homme vêtu de noir. Elle entre dans la cuisine et fait couler un long café. Sabine sourit pleinement, enfin depuis si longtemps.

20

5 juin 2019, Colleville – Paris

Les élèves sont passés de la surexcitation dans l'autocar à un silence soudain. Les deux classes, celle française et celle américaine, viennent d'entrer dans le cimetière de Colleville.

Le voyage d'échange a débuté voilà quatre jours. Vera et ses élèves sont arrivés à la fin d'une journée raccourcie par le décalage horaire et le voyage en avion. Une petite cérémonie d'accueil a eu lieu au lycée en présence du proviseur, de Sabine, du professeur de Sciences de la Vie et de la Terre (SVT) et de quelques élèves volontaires.

Les Américains ont ensuite rejoint leur hôtel.

Le lendemain, les élèves ont visité le lycée et rencontré la classe de Sabine en présence des professeurs participant au projet. Les 22 élèves français et 17 new-yorkais ont présenté une synthèse dans les deux langues de leur année de travail, accompagnée du journal de leurs recherches.

Le soldat mis à l'honneur est le sergent William James Garrett, *Pathfinder*, éclaireur de la 101ᵉ division aéroportée. Au fil des mois, les jeunes ont appris à connaître ce soldat, âgé de 23 ans, mobilisé en janvier 1942 après l'attaque de Pearl Harbor. Le tournant des recherches a été la découverte de membres de sa famille, son neveu James.

James Garrett est le fils de Mike James Garrett, le frère de William, lui aussi vétéran de la Seconde Guerre mondiale, pilote dans le Pacifique. James Garrett et sa femme, nés tous deux en 1949, sont présents, invités eux aussi dans la classe de Sabine. James ne connut son oncle que par une photographie trônant dans le salon de ses parents et par les récits qu'en faisait son grand-père, James Garrett Senior. James se souvient d'être venu enfant, dans les années 1960, en Normandie, fleurir la tombe de son oncle avec ses parents. Ses souvenirs sont confus, il est donc très heureux de participer à la cérémonie officielle organisée par les ministères des Anciens Combattants et de l'Éducation nationale.

Le projet avait vite débordé de la classe de Sabine, devenant celui du lycée, de l'académie, puis du ministère. La classe a été lauréate d'un prix de la Mémoire, organisé au Mémorial de Caen. Les élèves ont quitté ce matin l'auberge de jeunesse qui leur était réservée pour le cimetière américain de Colleville.

Sabine encadre la classe avec Julien, le professeur de SVT, et Audrey, la professeure d'anglais. Vera est accompagnée d'un professeur de français. Élèves et professeurs sont impressionnés par le nombre d'officiels présents : anciens combattants et porte-drapeaux français, soldats américains en grande tenue et armés de fusils, le préfet, le recteur académique, un délégué du ministre de l'Éducation. Tous sont conduits vers une tribune couverte, disposée face à un pupitre.

Les élèves regardent avec des yeux ronds l'arrivée du ministre des Anciens Combattants et de l'ambassadeur des États-Unis, « himself ! », comme le dit, hilare, un jeune Français. Vera prend Sabine en accolade en lui confiant combien elle est fière d'avoir commencé ce travail de mémoire avec elle et combien il est réussi. Les élèves qui doivent prendre la parole au pupitre sont assis au premier rang, à la gauche de la famille Garrett. L'ambassadeur est lui sur leur droite, avec le ministre français. Le protocole impressionne les élèves. Ces recherches les ont changés, sans qu'ils s'en rendent vraiment compte.

Avant de les commencer, au mieux cette période évoquait des films de cinéma, des séries, quelque chose de distancié. Aujourd'hui, William Garrett est comme un membre de leur famille, en fait, un grand frère qu'ils ont appris à découvrir.

Le ministre prend la parole en premier, pour ouvrir la cérémonie. La tombe du sergent Garrett est à quelques mètres de là.

Le 15 avril 2019, l'incendie de Notre-Dame de Paris a détruit la nef de l'édifice. Une partie de la voûte s'est effondrée sur le chœur. La chaleur a détruit un morceau de papier enchâssé dans un tube de métal dans la grille du chœur.
Ce petit papier qui a noirci sous la chaleur sans dégager une flamme contenait quelques mots seulement.

V, je serai là en juin 2019 pour mes 20 ans. Je t'attendrai. M.

C'est au tour de la première élève française de prendre la parole, racontant les mois de préparation du débarquement passés par William Garrett en Angleterre.

À l'entrée du cimetière se présente un homme âgé d'une soixantaine d'années, portant un chapeau sur la tête et un bouquet de fleurs à la main. Les gendarmes français lui annoncent que le cimetière est fermé en raison des commémorations du débarquement qui ont débuté. L'homme présente une plaque officielle du département d'État américain. Sur un signe, un responsable de la sécurité de la délégation américaine rejoint les gendarmes et reconnaît l'homme en manteau noir. Il lui serre la main et le fait entrer dans le cimetière. L'homme se dirige vers la tribune de la commémoration, mais tourne dans une allée un peu avant, pour s'arrêter devant une tombe sans distinction particulière autre que le bouquet officiel.

Mannaz marche sur les quais de la rive droite de la Seine. Il est au niveau de la place de la Concorde. Au loin, il aperçoit l'île de la Cité, sans la flèche de la cathédrale. C'est mercredi, il y a peu de monde sur les quais en raison de la pluie qui tombe par intermittence sous forme d'averses orageuses.

Mannaz, en pantalon de toile, porte une veste en coton noir sur une chemise blanche à col rond. Il est déjà trempé par la pluie, mais continue à marcher tranquillement. Cela fait une semaine qu'il marche chaque jour autour de l'île de la Cité, espérant que Virginia ait trouvé son message déposé en décembre. Depuis 1989, date de leur dernière rencontre, l'arrivée d'Internet aurait pu faciliter le contact. Mais Mannaz n'a aucune idée d'où chercher sur la toile. Il a passé quelques-uns de leurs noms d'emprunt sur les moteurs de recherche sans rien découvrir. Le Fiston n'a rien trouvé, lui non plus. Virginia semble avoir disparu définitivement depuis le 11 novembre 1989, quand elle a été assassinée sous le nom de Tatiana.

Où est-elle réapparue ? Pourquoi je n'ai pas reçu de nouvelles ?

Mannaz a passé des semaines à visiter les caches des cathédrales européennes, en vain.

La cérémonie se termine par les hommages militaires, avec tirs de salves de fusils. Les soldats manœuvrent leurs armes de façon parfaitement synchronisée.

Sabine a été appelée à la tribune en tant qu'instigatrice du projet pour dire quelques mots à la demande du ministre. Il n'était pas prévu qu'elle intervienne, mais elle a prononcé des paroles touchantes pour tous les participants, sans chercher à tirer une fierté personnelle particulière. Pour affronter sa timidité, c'est naturellement qu'elle a fixé son regard sur un visage bienveillant. Il s'agissait de celui de Julien, le professeur de SVT, qui la regardait en souriant. Sabine a rougi.

Les participants officiels se dispersent après le dépôt d'une gerbe sur la tombe du sergent Garrett. Les élèves se détendent et déambulent dans le cimetière en prenant des photos, Américains et Français mélangés. Sabine s'éloigne pour téléphoner à ses parents, marchant en direction d'une autre tombe. S'isoler pour passer cet appel lui permet de rejoindre seule la sépulture de John Woods. À son étonnement, quelqu'un est déjà debout devant la croix blanche. Il ressemble à un officiel. Il ouvre un parapluie alors que les premières gouttes de l'orage tombent. Quand Sabine s'approche, l'homme se tourne vers elle en levant son parapluie comme une invitation à s'abriter.

— Bonjour, Sabine, dit-il poliment dans un français avec un léger accent.

— Bonjour… Henry ? propose Sabine.

— Oui, c'est moi, répond en souriant le vieux diplomate.

— Je dois vous remercier pour tout ça, dit Sabine en désignant les élèves qui se dépêchent de s'abriter sous la tribune en riant.

— C'est moi qui vous remercie, pour lui, dit Henry en désignant la croix de John.

— Comment va-t-il ? demande Sabine.

— Il cherche toujours, dit simplement le Fiston.

Julien arrive vers Sabine, l'appelant de loin. Elle le regarde en souriant. Les yeux d'Henry pétillent, il tend son parapluie à Sabine.

— Allez abriter ce jeune homme souriant, Sabine, vous savez ce que l'on dit sur les petits coins de parapluie, dit le Fiston en riant.

— Mais… je… et vous ? dit en rougissant Sabine.

— J'ai mon chapeau, chère Madame, prenez soin de vous et profitez de New York avec vos élèves, dit Henry gentiment en partant d'un bon pas sous la pluie.

Quand Julien rejoint Sabine, il est trempé et Sabine s'empresse de lui faire une place sous le parapluie. Julien le porte et lui demande en regardant le vieil homme partir :

— Qui est-ce ? Tu le connaissais ?

— Oui, c'est le père d'un très vieil ami, dit Sabine en regardant la croix de John Woods.

— C'est l'heure du déjeuner avec les Garrett et l'ambassadeur. Il faut remonter dans le car, dit le professeur de SVT.

— Oui, allons-y, dit Sabine en posant sa main sur le parapluie, recouvrant celle de Julien.

Tous les deux marchent en direction de la tribune où les attendent les lycéens et les autres professeurs. Quand ils ne sont qu'à quelques mètres, tous les jeunes les applaudissent. Est-ce en remerciement ou pour souligner la proximité des deux professeurs ? Sabine ne saurait le dire. Mais ce qui est sûr, c'est qu'elle en éprouve beaucoup de plaisir. Elle a une pensée pour Nadège et imagine ce que son amie dirait avec sa franchise légendaire.

Mannaz a dépassé le Pont-Neuf depuis quelques minutes. Il regarde vers la Conciergerie qui lui masque la cathédrale.

La pluie a cessé. Plusieurs joggeurs le dépassent. Mannaz longe le quai sur l'ancien trottoir. Il perçoit comme une présence et se retourne, mais il n'y a personne derrière lui. Il reprend sa cadence, dépassant l'île de la Cité faisant face à l'île Saint-Louis. Il y a un peu plus de monde, la fin de la pluie et l'heure du déjeuner ont fait sortir les promeneurs qui essuient les tables pour s'y installer. Mannaz poursuit sa marche. Il s'arrête et se retourne rapidement. Quelqu'un a un geste d'agacement en le dépassant. Indifférent, Mannaz reprend son allure.

Dans la foule avance une femme en robe bleue à pois blancs. Son regard azur s'attarde sur la silhouette de Mannaz. Insensiblement, la jeune femme se rapproche de l'homme qui marche devant elle. Elle passe de groupe en groupe, se masquant à lui quand il se retourne.

La femme sourit, ses yeux se plissent.

Le déjeuner a lieu dans un restaurant renommé du bocage. L'Ambassadeur a tenu à inviter tous les jeunes, les Garrett bien entendu, ainsi que les professeurs accompagnants, sans aucun autre officiel. Le sergent était américain, le protocole ne froisse personne, explique Vera à Sabine. Les lycéens français traduisent aux Américains la composition du menu normand proposé.

— Le menu est quelque peu adapté, dit Julien à Audrey, la professeure d'anglais, et Sabine en souriant.
— Exit l'andouille de Vire, hello les steaks hachés normands, les *french fries* à la crème ! répond Audrey.
— Tout de même, il y aura du « camembert qui pue et de la teurgoule », je cite le chef, dit Sabine.
— Du « camenbeurt qui piue » ? What's that[9] ? demande Vera.

Les professeurs français rient de concert. Julien ne quitte pas Sabine des yeux. Elle a semblé récemment le remarquer pour la première fois alors qu'il est en poste depuis deux années. La rumeur prétendait que la professeure d'Histoire était dépressive. Julien s'est toujours tenu à distance des ragots, lui-même après son divorce avait eu des moments difficiles qui lui avaient valu des commentaires pas très sympathiques.

⁂

Il est deux heures du matin, Julien descend à la salle commune de l'auberge de jeunesse. Les adolescents se sont couchés tard au terme de cette journée mémorable pour eux. Il a fallu passer dans les chambres pour éteindre les derniers fous rires de la soirée.
Le calme s'est installé depuis une bonne heure. Julien voudrait prendre un chocolat chaud avant de remonter dans sa chambre. Les « filles », Audrey et Sabine, partagent la même chambre. Dehors, l'orage se poursuit, la température a chuté depuis la fin de la journée, une boisson chaude sera la bienvenue, se dit le professeur de SVT.

---

[9] Qu'est-ce ?

227

Devant la machine se tient Sabine, un immense café dans un mug de carton en main.

Pour la première fois depuis les minutes sous le parapluie, les deux collègues se retrouvent seuls. Sabine sourit à l'arrivée de Julien, elle lui tend la main. Il la saisit et l'embrasse tendrement.

Mannaz sera bientôt à l'entrée du port de la Bastille. Il va faire demi-tour et revenir par là où il est venu. Une main attrape la sienne. Il sent la douceur, la chaleur qu'il connaît tant et dont pourtant il ne pouvait se remémorer les sensations exactes. Mannaz devrait tourner la tête vers celle qui marche à ses côtés maintenant, mais il veut savourer l'instant. Des larmes coulent de ses yeux.

Ensemble, ils se dirigent vers le mur de pierre qui surplombe la Seine. C'est là qu'il se tourne vers elle, faisant face à Virginia.

Les mains se prennent, chacun regarde l'autre, intensément. Virginia rit et parle la première.

— Il paraît que c'est ton anniversaire, Mannaz.
— Oui, je vais avoir 20 ans, à Paris, répond le jeune homme.
— C'est formidable, je vais aussi fêter mon anniversaire bientôt, dit Virginia.

La jeune femme se penche et embrasse son compagnon dans un long baiser.

Elle se serre fort contre lui, goûtant enfin ces retrouvailles après tant d'années de séparation.

Virginia le regarde de ses yeux bleus.

— Moi aussi, 20 ans, à Paris…

Vous souhaitez partager votre lecture
et échanger avec l'auteur ?

Retrouvez-le à cette adresse :

mannazlelivre@laposte.net

F-Files

Fantastique, Fantasy, Science-Fiction… Trois genres différents représentés par trois couleurs différentes, mais réunis en une seule et même collection : F-FILES de JDH ÉDITIONS. La collection qui vous fera voyager dans d'autres univers.

À découvrir dans la même collection :

Maladie X – Patricia Vidal Schneider

L'appel de Clara – Cécile Ducomte

Cortex Noir – Léo Falke

Découvrez les autres collections de JDH Éditions

Magnitudes

Drôles de pages

Uppercut

Nouvelles pages

Versus

Les collectifs de JDH Éditions

Case Blanche

Hippocrate & Co

My Feel Good

Romance Addict

Black Files

Les Atemporels

Quadrato

Baraka

Les Pros de l'Éco

L'Édredon

La revue littéraire de JDH Éditions

Venez découvrir les textes de la revue

**Textes et articles dans un rubriquage varié
(chroniques, billets d'humeur, cinéma, poésie…)**

Suivez **JDH Éditions** sur les réseaux sociaux
pour en savoir plus sur les auteurs,
les nouveautés, les projets…

Inscrivez-vous à notre Newsletter sur
www.jdheditions.fr
Pour recevoir l'actualité de nos nouvelles
parutions